Andre Mairock

Annas geheime Träume

Andre Mairock

Annas geheime Träume

Roman

rosenheimer

2., neu überarbeitete Auflage

Titelbild: Michael Wolf, München
Bearbeitung, Lektorat und Satz: Pro libris Verlagsdienstleistungen, Marbach am Neckar
Druck und Bindung: GGP Media, Pößneck
Printed in Germany

ISBN 3-475-53173-9

1

Wenn Stefan Jakober, der Bauer vom Öschberg, breit und wuchtig auf seinem Traktor saß und durch das Dorf oder auf einer der Feldstraßen fuhr, konnte sich keiner vorstellen, dass dieser robuste Bauer den Gesetzen der Vergänglichkeit unterworfen war. Seit zwanzig und mehr Jahren war er scheinbar völlig unverändert geblieben.

Und doch war es ihm in letzter Zeit immer schwerer gefallen, die Arbeiten zu verrichten, die ihm früher wie von selbst von der Hand gegangen waren. Bereits nach kurzer Zeit wurde er müde, musste schnaufen wie ein Stier und fühlte sich seinen Aufgaben nicht mehr so recht gewachsen. Er war ganz einfach alt geworden.

Gewiss, sein prächtiger Hof war mit allen modernen Maschinen und Einrichtungen versehen, und man musste sich im Gegensatz zu früher kaum mehr plagen. Trotzdem erkannte er, dass seine Wirtschaft mehr und mehr nach einer jungen Kraft verlangte. Die Alten mussten gehen und den Jungen Platz machen, diesem Gesetz war auch der Bauer Jakober unterworfen, nur dauerte es bei ihm etwas länger, bis er sich mit dieser Tatsache abfinden konnte.

Dabei hatte er einen Sohn, der jederzeit sein Nachfolger werden konnte und das auch wollte. Nicht jeder Bauer erfreute sich dieses Glücks, es gab auch solche, denen der Himmel gar keine Kinder geschenkt hatte, oder Kinder, die die harte Arbeit auf dem Hof scheuten und sich lieber in der entfernten Stadt nach einer anderen Ausbildung, einem anderen Beruf umsahen. Jakober aber hatte sogar zwei Söhne, breite, kraftvolle, stämmige Burschen, gesund an Leib und Seele, mit denen man etwas anfangen konnte.

Es war am Abend eines Frühsommertages. Auf den Wiesen hatte die Heuarbeit begonnen, und die Schönwetterperiode, die mit einer kräftigen Hochdrucklage eingesetzt hatte, versprach eine rasche und gute Ernte. Über den Schreckhornwänden, der Bergkette, die sich ringsum erstreckte, wölbte sich ein glutroter Himmel, dessen Licht über den stillen, abgründigen Schwarztannsee flutete und sich in den Fenstern des stattlichen Bauernhofes spiegelte. Eben waren noch im Surren von Motoren und Maschinen hinter dem offenen Scheunentor die eingefahrenen Heufuder abgeladen worden. Jetzt war es still. Die Leute standen um die Becken im offenen Waschraum, wuschen und erfrischten sich. Die Luft roch süß nach frischem Heu.

Und drunten im dunklen Schwarztannsee holte der Fischer seine Netze aus dem Wasser und band sein Boot fest. Es war Feierabend geworden.

Als nach dem gemeinsamen Abendessen das Tischgebet gesprochen war, gab der Bauer Jakober seinem Sohn ein Zeichen, das ihm befahl, mit in die Stube zu kommen. Das war der große bäuerliche Wohnraum, wie man ihn in jedem älteren Hof vorfand, in den beiden Außenwänden je zwei Fenster, der Fußboden mit farbigen Teppichen belegt, auf der einen Seite der schwere Schrank und daneben die Kommode, auf der anderen Seite der große Kachelofen, in der Fensterecke der Tisch und darüber das mit Efeu umrankte Kreuz.

Jakober setzte sich auf die Bank und lehnte sich an die kühle Wand zurück, deutete seinem Sohn, er möge ebenfalls Platz nehmen, und fuhr sich mit der Hand über den breiten Schädel.

»Wir werden am kommenden Sonntagnachmittag den Riedinger aufsuchen«, begann er dann mit seiner rauen Stimme. »Man erwartet uns und freut sich darauf, dass wir kommen.«

Diese Mitteilung schien beim Sohn wenig Begeisterung auszulösen. Sein sonnengebräuntes, markantes Gesicht nahm einen trotzigen Ausdruck an. Seine grauen Augen schielten unter den etwas zu dicken Brauen unwillig nach dem Vater hervor.

Dieser aber achtete offenbar nicht darauf und fuhr nach einer kurzen Pause gleichmütig fort: »Soviel ich vom Riedinger erfahren habe, ist seine Tochter Barbara nicht abgeneigt, bei uns einzuheiraten. Und man muss schon sagen, sie ist ein Mädchen, wie man es ein zweites Mal nicht mehr findet. Sie ist häuslich, fleißig und brav. Eine Bäuerin, wie man sie sich nicht besser wünschen kann. Außerdem kommt sie nicht mit leeren Händen, beim Riedinger ist etwas da. Sie ist die einzige Tochter, und seitdem der Alte den Hof übergeben hat, arbeitet sie bei ihrem Bruder mit. Es ist klar, dass sie sich jetzt auch umschaut und zu einem eigenen Hausstand kommen will.«

Simon Jakober hörte schweigend und mit verschlossenem Gesicht zu.

Der Alte wandte ihm seinen Blick zu. »Hast du vielleicht etwas dagegen einzuwenden?«, fragte er in einem Ton, aus dem man eine bedingungslose Forderung heraushörte. »Mit der Schwärmerei und irgendwelchen Liebschaften, oder was es sonst sein mag, muss jetzt Schluss gemacht werden. Ich bin nimmer der Jüngste, und je eher ich mein Gut übergeben kann, desto lieber ist es mir. Mit deinen achtundzwanzig Jahren sollte man von dir doch langsam erwarten können, dass du den Verstand und die Fähigkeit dazu hast, der Bauer auf dem Hof zu sein, oder?«

»Das schon, Vater ...«, murmelte Simon lustlos.

»Also, dann wäre das geklärt. Nur das eine möchte ich noch sagen: Bäuerin wird die Riedinger Barbara sein. Ich hab sie dafür ausgesucht, und nachdem ihr Vater verraten hat, dass sie dich mögen könnte und nicht abgeneigt wäre, bei uns einzuheiraten, hast du ein leichtes Machen. Man kann sogar sagen, dass du ihr Jawort schon hast, bevor du sie gefragt hast. Der Riedingerhof kommt gleich nach dem unsrigen an Größe und Stattlichkeit. Es ist also nichts selbstverständlicher auf der Welt, als dass eine solche verwandtschaftliche Verbindung zustande kommt. Am Sonntag werden wir also den ersten Gang zum Riedinger machen. Verstanden?«

Der alte Bauer stand auf und machte einige Schritte durch die Stube. Wie zu sich selbst sprach er weiter: »Manchmal mein ich, dass ich die Hitze draußen nicht mehr recht ertragen kann. Es wird mir oft dumpf und schwindelig im Kopf. In meinem Alter gehört ein Bauer langsam in den Ruhestand, in den Feierabend, wie man auch sagt. Freilich, es sträubt sich jeder mehr oder weniger, von seinem Vermögen zu gehen, und vielleicht klammere auch ich mich noch eine Weile daran fest. Aber da ich nicht will, dass die Riedingertochter sich anderweitig umschaut, beiß ich halt in den sauren Apfel und gehe.«

Simon sagte nichts dazu.

Der Alte drehte sich nach ihm um und schaute ihn eine Weile misstrauisch an. »Sag wenigstens, dass ich Recht hab!«, fuhr er ihn an.

»Ich weiß nicht, Vater. Es mag ja sein, dass du von deinem Standpunkt aus Recht hast«, antwortete der Sohn.

»Hast du vielleicht einen anderen Standpunkt?«

»Du siehst nur den Riedingerhof und rechnest, dass Barbara eine schöne Mitgift mitkriegt. Ich meine aber, dass wir das gar nicht so nötig hätten. Du fragst nicht einmal, ob wir auch wirklich zusammenpassen, und ob ich sie mag.«

»Die Riedinger Barbara kann jeder mögen! Sie ist nicht bloß fleißig und tüchtig, sondern auch ein sauberes Mädchen, nach dem sich mancher schon die Augen ausgeschaut hat. Oder hast du einen besonderen Geschmack? Dann gib wenigstens zu, dass sie gepflegt ist!«

»Freilich ist sie gepflegt, aber ...« Er stockte.

»Was aber?«, herrschte der Alte ihn an. »Was gibt's da überhaupt für ein Aber?«

Simon stand ebenfalls auf und drehte sich dem Fenster zu.

»Ich könnte ja eine andere lieber mögen. Oder nicht?«, brummte er.

Der Bauer stutzte. »Welche andere? Vielleicht die schwarzhaarige Fischertochter von da drüben, diese halbe Zigeunerin, die nichts hat als einen Sack voll Not?«

»Dass die Janiser Anna nichts hat, dafür kann sie nichts. Fischer sind keine reichen Leute. Und dass sie eine halbe Zigeunerin sein soll, das sagst bloß du, Vater. Warum denn? Wegen ihrer schwarzen Haare? Oder weil sie sich nicht so reich und edel kleiden kann wie eine Großbauerntochter? Auch ohne dies bleibt sie das schönste und netteste Mädchen vom Dorf. Und klug ist sie auch, das weiß ich noch von der Schulzeit her.«

»Hör auf!«, herrschte der Alte ihn barsch an. »Komm mir jetzt bloß nicht mit solchen Spinnereien daher!«

Simon drehte sich nach seinem Vater um. Sein Gesicht drückte Trotz aus. »Das sind keine Spinnereien!«, widersprach er. »Man hat es nicht in der Hand, Vater, wo die Liebe hinfällt, aber man kann verhindern, dass man sich selbst und auch noch einen zweiten Menschen fürs ganze Leben unglücklich macht, wenn man ohne Liebe heiratet, bloß weil man glaubt, es dem Hof schuldig zu sein. Die Zeiten sind heute schon lang vorbei, wo man eine Heirat bloß von der Mitgift der Braut abhängig macht. Zu deiner Zeit mag das noch so gewesen sein, heute aber rechnet man mit anderen Werten!«

»Wie gescheit du daherredest!«, höhnte der Alte. »Und doch ist es so saudumm wie das Grunzen eines Ebers, den man im Stall hat. Du mit deinen achtundzwanzig Jahren musst mir nicht sagen, was ein Bauer zu tun hat! Ich kann dir bloß raten, das Techtelmechtel mit dem Janisermädchen einzustellen, und zwar sofort! Was weiß man denn schon von diesen Leuten! Die Eltern sind tot, und der alte Janiser macht auch so einen Eindruck, als wäre ihm irgendwo der Boden zu heiß geworden.

Wer kümmert sich schon um das Fischerhaus vom Schwarztannsee? Ich hab nie etwas anderes gehört, als dass die Not immer aus allen Fenstern herausgeschaut hat. Kein Mensch kann heute mehr sagen, woher sie überhaupt das Recht zum Fischen herleiten. Sie haben ja nichts als das alte Haus und ein paar Quadratmeter mageren Grund darum. Wenn sie heute nichts fangen, wissen sie nicht, was sie morgen essen sollen. Und aus einem solchen Haus möchte der Sohn vom Jakober seine Bäuerin holen? Da lachen nicht nur die Leute im Dorf, sondern auch die Kühe im Stall!«

»Ich hab dir grad gesagt, Vater ...«

»Sofort hältst du dein Maul!«, unterbrach der Alte barsch seinen Sohn. »Ich bin noch nicht fertig. Mit dem gleichen Recht wie der Janiser drüben hab auch ich früher die Netze ins Wasser geworfen, denn auch meine Grundstücke stoßen am Schwarztannsee an. Aber was tut der Janiser? Er zeigt mich an. Ich lasse es nicht gelten, und es kommt zum Prozess. Wenn es nicht gar so dreckig wäre, müsste man darüber lachen – ich hab nämlich den Prozess verloren und musste die Fischerei einstellen. So wird Recht gesprochen!«

»Wie kommst du denn dazu, im See zu fischen, Vater? Hat dir der Hof nicht gereicht?«, fragte der Sohn.

»Was heißt gereicht? Der Schwarztannsee ist schließlich für alle da und nicht bloß für den Janiser!«

»Anscheinend ist es aber doch anders, sonst hättest du den Prozess nicht verloren.«

»Was sagt das schon! Es kommt nur auf die Einstellung des Richters an.«

»Die Einstellung hätte ich auch gehabt, Vater«, trotzte Simon. »Jedenfalls hatte dieser Janiser das ältere Recht auf die Fischerei. Und ich finde es nicht gerade schön, dass der reiche Jakober den armen Leuten da drüben ihr Brot wegnehmen wollte.«

»So musst du reden!«, grollte der Bauer. »Dafür übergebe ich dir den schönsten Hof der ganzen Umgebung!

Übrigens hat sich später alles recht schön gerächt: Die beiden, der Janiser und seine Frau, sind durch eine Lawine vom Heuberg umgekommen.«

Eine Weile war es still.

»Ich wollte damals das Fischerhaus und das Fischereirecht aufkaufen und das Geld für das Kind, das nun allein dastand, auf der Gemeindebank deponieren lassen, bis es aus dem Waisenhaus herausgekommen wäre. Was geschah aber? Auf einmal tauchte der alte Janiser auf, der Großvater, von dem man nie zuvor etwas gehört oder gesehen hatte, er bürgerte sich bei uns ein, bezog das Fischerhaus und warf die Netze in den See.«

Abermals kam es zu einer Pause. Die roten Strahlen der Abendsonne, die sich in den Fenstern gespiegelt hatten, waren inzwischen verloschen. Die Wanduhr schlug mit blechernem Ton die volle Stunde.

Jakober ging ein paar Mal in der Stube auf und ab, den Blick vor sich auf den Boden gerichtet.

»Nun weißt du, in welchem Verhältnis wir zu den Leuten im Fischerhaus standen und heute noch stehen«, setzte er seine Rede fort. »Ich werde nie meine Zustimmung geben, falls du so ehrvergessen sein solltest, mir dieses Luder ins Haus zu bringen.«

»Was hat dir die Anna getan, Vater?«, fragte Simon. »Was kann sie dafür, wenn du mit ihrem Vater Differenzen gehabt hast?«

»Wenn ich auch davon absehen wollte, so ist das Mädchen trotz allem keine Bäuerin und für den Jakoberhof schon gleich zweimal nicht. Reden wir also nicht mehr länger um die Sache herum. Du gehst mit mir am Sonntag zum Riedinger, damit man alles absprechen kann.«

»Das geht nicht. Ich habe der Janiser Anna ...«

Simon brach ab, als fürchtete er, den Satz zu Ende zu sprechen.

»Was hast du? – Ihr das Heiraten versprochen?«, fuhr der Alte auf.

»Nicht direkt!«

»Aber so durch die Blume? Wie? – Dann schau zu, wie du das alles wieder geregelt kriegst!«

»Lass mit dir reden, Vater! Anna ist zu einem Mädchen geworden, wie es kein zweites gibt. Du kennst sie nicht!«

Der Alte winkte mürrisch ab. »Lass das Geschwätz!«

»Wir haben uns gern ...«

»Schweigen sollst du, und tun, was ich dir sage! Die junge Bäuerin vom Jakoberhof ist die Riedinger Barbara! Das ist mein Wille, den ich durchsetze, so oder so. Noch hast du den Hof nicht, wir können immer noch etwas ändern, mein Sohn. Es gibt kein Privileg, wonach ich verpflichtet werden könnte, für dich hier den Platz zu räumen. Ja, ich räume ihn, aber nur dann, wenn du Vernunft angenommen hast und das tust, was ich von dir verlange.«

»Was verlangst du?«

»Dass du die Barbara heiratest. Wenn nicht, dann ...«

Sie blitzten sich mit den Augen an.

»... dann wird dein Bruder so vernünftig sein und die Riedingertochter zur Frau nehmen. Dann heißt der junge Bauer eben nicht Simon, sondern Thomas Jakober. Hab ich mich klar und deutlich ausgedrückt?«

»Und was ist dann mit mir?«, wollte sein Sohn Simon wissen.

»Du sollst nicht umsonst auf dem Hof gearbeitet haben. Es wird dir alles bezahlt, zusammen mit dem Pflichtteil, den du zu fordern hast. Dann magst du die Fischertochter vom Schwarztannsee heiraten. Vielleicht wirfst du dann die Netze ins Wasser und karrst deine Fischbottiche zur Bahn, wenn du gerade einen guten Fang gemacht hast. Meinetwegen magst du schauen, ob es nicht irgendwo im Land ein kleines Anwesen zu kaufen gibt, worauf du mit deiner Bäuerin rackern und sparen kannst, um aus den Schulden zu kommen.«

Diese Worte sagte er mit beißendem Spott.

Simon spürte, wie ihm das Blut in den Kopf stieg. Sein Zorn auf den eigenwilligen Vater wollte mit ihm durchgehen, aber er zwang sich zur Ruhe.

»Mehr habe ich dir im Augenblick nicht zu sagen«, fuhr der Bauer mit kalter Stimme fort. »Du kannst es überlegen und überschlafen. Dann also – gute Nacht!«

Simon ging wortlos und trotzig aus der Stube.

2

Am Sonntagnachmittag saßen im Wohnstübchen des Riedingerhofes die beiden Väter beisammen, besprachen in aller Ruhe und Offenheit die einzelnen Fragen, die bei einer eventuellen Heirat ihrer Kinder von Wichtigkeit waren, und leerten nebenbei eine Kanne Wein, die der Riedinger zu Ehren seiner Gäste aus dem Keller hatte holen lassen.

Jakober war heute sehr gesprächig und in guter Laune, denn er sah seinen Herzenswunsch in Erfüllung gehen. Wenn ihn nicht alles täuschte, nahm sein Sohn nun doch Vernunft an und unterwarf sich dem Willen des Vaters. Man konnte also über das Heiratsgut und den Termin der Hochzeit verhandeln.

Der alte Riedinger war Bauer genug, um die Vorteile einer solchen Hochzeit zu erkennen, er war auch bereit, etwas dafür zu geben. Die schweren, alternden Hände flach auf den Tisch gelegt, den langsam grau werdenden Kopf etwas vorgebeugt, zählte er die Mitgift seiner Tochter auf, die alle Erwartungen des Jakobers übertraf.

Aber auch Jakober gewährte seinem Gegenüber einen Einblick in seine Wirtschaft, die sich selbst unter den größten Bauernhöfen sehen lassen konnte. Er erklärte sich zur bedingungslosen Übergabe bereit, sobald die Heirat akut geworden war. Es lag also lediglich noch an den Jungen, sich über die letzte und allerwichtigste Frage einig zu werden. Aber sie müssten ja von allen guten Geistern verlassen sein, wenn sie nicht auch selbst diesen glücklichen und großartigen Lebensweg wählen würden.

So ganz sicher waren sich darüber beide Väter allerdings nicht, wenn sie auch nicht über diesen heiklen Punkt sprechen wollten.

Erst als der Riedinger einen kräftigen Schluck Wein in seine Kehle geschüttet hatte, kratzte er sich am Kopf und schob die Unterlippe nachdenklich vor.

»Es hat doch einmal geheißen, dass der Simon immer zum Fischerhaus gehe, auch wurde er oft mit der Janisertochter zusammen gesehen«, begann er dann. »Wie sieht es denn damit aus?«

»Jugenddummheiten«, knurrte der Jakober.

»So jung ist der Simon ja auch nimmer, dass man von einer Jugenddummheit sprechen kann!«

»Manche sind mit dreißig noch nicht reif, Riedinger. Gewöhnlich werden sie erst zu richtigen Männern, wenn sie von einer tüchtigen Frau am Zügel gehalten werden. Es kann ja nichts anderes dabei herauskommen als eine Dummheit. Was will der Jungbauer vom Jakoberhof mit einer Fischertochter anfangen?«

»Hm«, machte der Riedinger. »Diese Freundschaft muss natürlich aufhören.«

»Sie hat bereits aufgehört, man muss bei diesen Burschen bloß ein bisschen nachhelfen. Über kurz oder lang bricht die alte Hütte am See ja doch zusammen. Der alte Janiser ist nicht in der Lage, sie wieder aufzubauen – überhaupt wird er bald seine Netze aus der Hand legen müssen. Ich hätte ihm das Fischereirecht schon längst abgekauft, aber mit solchen Leuten kann nicht einmal der Teufel verhandeln. Warten wir also ab. Und was die Liebschaft zwischen meinem Sohn und dieser Zigeunerin da betrifft, die ist bald ausgeblasen. Da hab ich noch einen starken Schnaufer, wenn es sein muss!«

Er lachte frohgemut auf und zerstreute so die Bedenken des Riedinger. Zum Schluss tranken sie sich zu und besiegelten mit einem Handschlag ihre Abmachungen.

Unterdessen gingen Barbara Riedinger und Simon Jakober draußen im großen Baumgarten spazieren und versuchten, miteinander ins Gespräch zu kommen. Da beide wussten, welchem Zweck dieser Besuch dienen sollte, waren sie von einer spürbaren Hemmung befallen.

In ihrer feinen, trachtenähnlichen Kleidung und der blinkenden Kette um den Hals sah Barbara recht anmutig aus. Wenn auch die Züge ihres Gesichtes nicht als ausgesprochen schön zu bezeichnen waren, so übten sie doch in ihrer Jugendlichkeit und Frische eine gewisse Anziehung aus, vor allem verrieten sie ihren guten Charakter. Das blonde, volle Haar war hinten zu einem Knoten gebunden, der von einer hübschen Haarspange gehalten wurde. Man konnte sie sich gut als junge Herrin und Bäuerin des Hauses vorstellen.

Diese Feststellung traf Simon, als er an ihrer Seite im Schatten der Bäume auf- und abging. Er dachte an die Tage, die seit der unerfreulichen Unterredung mit dem Vater vergangen waren. An die unruhigen Nächte, wo ihm in seinen Träumen beständig die Janiser Anna erschienen war. Einmal war er schweißgebadet aufgewacht, weil sie urplötzlich verschwunden war und er selbst sich am Rand eines tiefen Abgrunds wiederfand. Tagsüber war diese Angst dann jedes Mal dem Zorn auf den Vater gewichen, der ihn so unerbittlich vor die Wahl gestellt hatte. Und der Wut bei dem Gedanken daran, dass er den Hof, als dessen Erbe er sich von Kindesbeinen an gesehen hatte, womöglich an den jüngeren Bruder abtreten musste, und in ihm war der Groll auf den Jüngeren empor gekrochen, der ihm seine Vorrangstellung streitig machen konnte.

Mit einem verlegenen Blick auf seine ansehnliche Begleiterin machte Simon der Barbara nun ein Kompliment zu ihrem hübschen Äußeren. Sie hatte darauf nur ein verschämtes Lächeln zur Antwort.

»Du weißt so gut wie ich, zu welchem Zweck wir heute gekommen sind«, setzte er schließlich mit entschlossener Miene an. »Wenn es auch für mich ein bisschen überraschend kam, freue ich mich jetzt doch, dass ich dem Vater gefolgt bin. Ich weiß nicht, wo ich bis heute meine Augen gehabt habe, dass ich ein Mädchen wie dich übersehen konnte.«

»Das könnte ich dir schon sagen«, kicherte sie.

»Und?«

»Im Fischerhaus vom Schwarztannsee.«

Das war peinlich, denn darauf war nicht so leicht eine Antwort zu finden. Er winkte ab, als wollte er sagen: ›Wer macht in seinem Leben nicht einmal eine Dummheit ...?‹

»Ich weiß schon, man hat mich ein paar Mal mit der Janiser Anna beisammen gesehen«, gab er dann zu. »Nun ja, ich leugne es auch nicht, dass ich einmal gern mit ihr getanzt und gescherzt habe. Welcher Bursch verliebt sich nicht einmal in ein Mädchen, obwohl er weiß, dass er es nie heimführen kann. Später denkt man dann anders, man sieht, was sein kann und was nicht. Der Vater möchte bald übergeben, und jetzt wird es eben Ernst. Ich brauche eine junge Bäuerin, ein Mädchen, das die Arbeit auf dem Hof bewältigen kann und auch kennt, ein Mädchen, das aus gutem Haus kommt, kurz, ich brauche eine Bäuerin wie dich, Barbara. Und damit ist alles gesagt.«

Sie antwortete nicht. Ihr Blick war zu Boden gerichtet, auf den frisch geschnittenen Rasen. Um ihren Mund spielte ein verlegenes Lächeln. Sie hatte nicht erwartet, dass er gleich so mit der Tür ins Haus fallen würde.

»Wie geht es deinem Bruder, dem Thomas?«, fragte sie plötzlich, um dem verfänglichen Gespräch eine andere Richtung zu geben.

»Dem geht es gut. Er arbeitet jetzt auf einem großen Gut, drüben in Au.«

»Als Arbeiter?«

»Er macht so etwas wie einen Baumeister. Der Besitzer ist tödlich verunglückt. Die Frau ist allein und hat noch kleine Kinder.«

Das Mädchen nickte. »Dann muss also Thomas den Bauern ersetzen?«

Er nickte nur und zog die Stirn hoch. »Ich meine, wir hätten doch wahrlich andere Dinge zu bereden als das, was mein Bruder macht!«

»Es hat mich halt interessiert. Magst du nicht gern über deinen Bruder reden?«

»Ich hab nichts gegen ihn«, beteuerte er. »Aber wie es halt unter Brüdern zugeht, wenn sie herangewachsen sind: Es kann nur einer den Hof übernehmen, und gewöhnlich ist es der Ältere. Der andere muss eben gehen.«

»Warum muss er gehen? Man hätte den Thomas doch notwendig daheim brauchen können!«

»So notwendig nicht, Barbara. Der Vater ist noch rüstig und mag arbeiten. Einen Baumeister brauchen wir nicht, und dass er bei mir, seinem Bruder, einen Arbeiter macht, dafür steht ihm die Nase zu hoch.«

»Dem Thomas?«, fragte sie ungläubig.

»Jawohl, dem Thomas!«, antwortete er unwillig. »Und nun hätte ich von dir lieber etwas anderes gehört, Barbara.«

»Was denn?«

»Welche Meinung du hast, ob es zwischen uns beiden etwas werden kann.«

»Meinst du es so ernst, wie du es sagst?«

»Zweifelst du daran?«

»Nein, nein, das nicht. Aber es geht jetzt plötzlich alles so schnell, dass man kaum noch zum Nachdenken kommt. Warum denn?«

»Das musst du die beiden Alten fragen, die in der Stube beisammensitzen und womöglich bereits die Hochzeit absprechen.«

Sie schüttelte verwundert den Kopf. »Verstehst du das, Simon? Ich nicht.«

»Mein Vater sagt: Ein Schlachttier muss beim ersten Hieb fallen, dann hat es nicht so lange zu leiden«, lachte er. »Das ist seine Art: Wenn er sich zu etwas entschlossen hat, muss es gleich geschehen. Und jetzt scheint er sich dazu entschlossen zu haben, den Hof zu übergeben, und da ergeht es ihm wie einem Schlachttier. Er will nicht mehr lange zögern und leiden. Ich bin von derselben Art,

Barbara. Darum wäre es mir Recht, wenn du mir sagen würdest, ob du meine Bäuerin werden möchtest oder nicht. Auch ich mag nicht lange leiden.«

Sie schaute ihm ins Gesicht, als müsste sie sich von der Wahrhaftigkeit seiner Worte überzeugen. »Bei aller Eile, die du hast, möchte ich dich doch bitten, wenigstens so lange zu warten, bis ich dir die Antwort ins Haus bringe, so wie es bei uns Brauch ist.«

»Wann wird das sein?«, fragte er.

»Vielleicht schon an einem der nächsten Abende.«

»Und du wirst auch bestimmt kommen?«

»Sobald ich weiß, dass du mich auch wirklich gern hast!«

»Das sollst du bald erfahren, besser gleich sofort!«, rief er, warf seinen Arm um sie und küsste sie auf den Mund. Sie wollte sich zunächst wehren, aber unterlag dann seiner ungestümen Kraft.

»Weißt du, was das heißt, Barbara? – Es ist mein Versprechen. Und jetzt schauen wir nach unseren Alten, ob sie auch so rasch vorangekommen sind wie wir.«

Hand in Hand gingen sie ins Haus zurück.

In derselben Woche noch stand abends der große, schwere Wagen der Riedingers vor der Tür des Jakoberhofes. Der alte Riedinger und seine Tochter Barbara machten ihren Gegenbesuch, bei dem gleich alles für die Hochzeit verbindlich abgesprochen werden sollte.

Dann saßen der Jakober und sein Sohn dem Riedinger und seiner Tochter in der gemütlichen Stube gegenüber. Die Haushälterin trug eine Brotzeit und Getränke auf den Tisch, worauf zunächst einmal ein gastliches Mahl gehalten wurde. Man sprach über die gesegnete Wirtschaft auf dem Jakoberhof, zählte die gesamten Liegenschaften auf, Jakober breitete sogar noch den Kataster aus, um seine Angaben zu belegen.

Barbara konnte wohl stolz darauf sein, Bäuerin und Herrin eines so stattlichen Hofes zu werden! Zwischen Heuernte und dem Weidegrasschnitt sollte die Hochzeit sein, und vor der Zeugenschaft ihrer Väter gaben Simon und Barbara sich ihr Versprechen.

Darauf führte Simon seine Braut durch das Haus, er zeigte ihr die Küche, die gut eingerichteten Kammern. Sie gingen durch die Ställe, und die neue Bäuerin bewunderte den prächtigen Viehstand. Sie schauten in die Scheune und in den großen Schuppen, wo die modernsten Maschinen standen.

»Du musst wissen, dass unsere Mutter schon arg früh gestorben ist«, sagte er. »Unser Hof war seitdem ohne Bäuerin.«

»Das war bei uns so ähnlich, aber der Vater hat bald übergeben, sodass wieder eine junge Bäuerin ins Haus kam«, entgegnete sie.

»Dein Vater war eben verständiger«, meinte er ein wenig verbissen. »Ich weiß nicht, wie lange ich noch auf den Hof warten müsste, wenn mein Alter nicht die Furcht hätte, du könntest anderweitig heiraten.«

»Wirklich?«, lachte sie. »Ist dein Vater so auf mich erpicht?«

»Und wie!«

»Das hab ich noch gar nicht gewusst!«

»Du siehst ja, wie glücklich er ist, weil sein Wunsch in Erfüllung geht.«

»Hoffentlich bist du's auch, Simon!«

»Ich? Freilich bin ich's. Oder zweifelst du?«

»Nein, wo kämen wir hin, wenn ich dir jetzt schon misstraute?«, sagte sie.

»Dazu hast du auch keinen Grund.«

»Einen vielleicht doch!«, sagte sie und kniff ihm scherzhaft in die Wange.

»Welchen?«

»Du kannst so unschuldig fragen, Simon, als hätte es für dich nie das Fischerhaus vom Schwarztannsee gegeben.«

»Was du nur immer damit hast?«, warf er fast barsch hin und runzelte die Stirn.

»Du kannst doch nicht leugnen, dass du einmal sehr in die Anna verliebt warst!«

»Welcher Mann war nicht in ein anderes Mädchen verliebt, bevor er heiratete? Man ist eben jung und dumm. Ist es nicht so?«

»Versprochen hast du ihr doch nichts?«

»Nein! Wo denkst du hin? Was meinst du, was mein Vater aus mir gemacht hätte, wenn ich nur daran gedacht hätte, ihm die Anna ins Haus zu bringen!«

»Warum? Die Janiser Anna ist doch ein nettes, gepflegtes Mädchen, dem kein Mensch bös sein kann.«

»Es gibt doch alte Streitigkeiten zwischen uns und dem Fischerhaus. Soviel ich weiß, hat mein Vater einen Prozess gegen den Janiser verloren.«

»Gegen den alten Janiser?«

»Nein, gegen den Vater der Anna. Damals hat er ja noch gelebt.«

»Dann ist also zwischen dir und der Anna nichts weiter gewesen?«

»Nur einmal eine kleine Liebschaft, weiter nichts.«

»Das würde heißen, dass man sie ohne weiteres zu unserer Hochzeit einladen könnte?«

Er versuchte sein Erschrecken zu verbergen. »Wenn du meinst ... Aber was hätte sie bei unserer Hochzeit verloren?«

»Ich bin mit der Janiser Anna sieben Jahre lang in die Schule gegangen, und immer sind wir nebeneinander gesessen. Ich meine, da würde es sich schon gehören, dass man sie zur Hochzeit einlädt. Und nachdem du sagst, dass nichts mehr zwischen euch beiden ist, gibt es ja nichts zu überlegen.«

»Von mir aus!«, warf er hin.

Sie kehrten in die Stube zurück.

»Nun, was sagt unsere junge Bäuerin?«, grinste der Jakober.

»Es gefällt mir recht gut«, antwortete sie.

»Das ist recht!«

Es wurde noch tüchtig getrunken, und alle schauten fröhlich drein. »Dieser Tage fahren wir also zum Notar und lassen gleich alles rechtlich festlegen«, sagte Jakober. Und zur Braut gewandt: »Und nächstes Jahr will ich, falls ich's erlebe, einen jungen Jakober schreien hören.«

Darauf gab es ein fröhliches Lachen.

3

Unter der gewaltigen Felsmauer der Schreckhornwände mit ihren hochgewachsenen Bäumen lag dicht am Ufer des Schwarztannsees eine Fischerhütte. Sie verriet sich als solche durch die Netze, die unter dem vorspringenden und weit herabreichenden Dach fast das ganze Jahr über zum Trocknen ausgehängt waren. An das eigentliche Wohnhaus, das aus einer wetterfesten Holzaufstockung auf einem bröckelnden Mauerwerk bestand, schloss sich ein schmaler Schuppen an, mit einem schiefhängenden Tor, das tagsüber offenstand. Die kleinen Fenster waren mit ausgebleichten Läden beschlagen.

Nur wenige Schritte waren es zum Ufer des Sees, zu jener Stelle, wo ein hölzerner Steg einige Meter über der Flut hinausragte. Hier war an einem dicken Holzpflock ein Boot angekettet, wenn es vom Fischer zum Einholen der Netze gerade nicht gebraucht wurde. Wenn der See in Windbewegungen seine Wellen schlug, geriet der Kahn in ein Schaukeln und Wiegen, und die Kette rasselte bei jeder stärkeren Bewegung der Wellen.

Auf drei Seiten war der See von dunklen Wäldern eingeschlossen, woher er auch wohl seinen Namen Schwarztannsee nahm. Nur gegen eine Seite war dieser Ring durchbrochen, in dieser Richtung lag das Dorf, von dem allerdings nichts zu sehen war. Nur das Gehöft Jakobers schaute vom Öschberg herab.

Die Behausung des Fischers vom Schwarztannsee lag also sehr einsam. Wenn nicht gerade ein paar Touristen des Weges kamen, war oft tagelang keine Menschenseele anzutreffen. Der alte Janiser hatte, als sein Sohn und dessen Frau von einer Lawine am Heuberg verschüttet und getötet worden waren, die Hütte bezogen, um der verwaisten kleinen Anna an die Hand zu gehen und das Geschäft weiterzuführen. So geheimnisvoll, wie er sich damals eingestellt hatte, war auch das Leben, das er führte. Kaum dass er mit dem Dorf und seinen Bewohnern in Berührung kam, er lebte völlig zurückgezogen. Zeitweise fuhr er im Kahn hinaus auf den See und warf die Netze aus und zog sie mit mehr oder geringerer Beute wieder ein. Die gefangenen Fische, soweit sie sich zu diesem Zweck verwenden ließen, wurden in Fässern zum Versand gebracht. Deshalb konnte man den alten Janiser häufig seinen Karren mit einem alten Traktor zur nächsten Bahnstation ziehen sehen.

Von diesem Geschäft lebten er und seine Enkelin Anna. Es war kein Vermögen, das er als Fischer vom Schwarztannsee verdiente, aber es reichte für das bescheidene Dasein dieser beiden Menschen aus.

Der Großvater Janiser war ein rüstiger, widerstandsfähiger alter Mann, dem die Arbeit noch nichts anhaben konnte. Sein Kinnbart, den er sich selbst am Spiegel zurechtschnitt, war bereits schneeweiß, ebenso sein filziges Kopfhaar, das seinen Schädel noch dicht bedeckte. Auch die Haltung seines Körpers war noch aufrecht und kraftvoll.

Seine Liebe galt seiner verwaisten Enkelin, die er nun schon mehr als ein Jahrzehnt betreute. Er hatte ihr die Heimat am Schwarztannsee erhalten, die Schulden bezahlt, die nach dem plötzlichen Tod der Eltern von den Gläubigern zurückgefordert wurden, er hatte ihr Vater und Mutter zu ersetzen versucht, als sie so plötzlich ganz allein in der Welt stand.

Nun war Anna ein erwachsener junger Mensch. Sie hing mit derselben Liebe an ihrem Großvater wie er an ihr. Sie führte das kleine, bescheidene Hauswesen, stand am Abend am Ufer des Sees, in dem sich die Berge und Wälder spiegelten, wenn die Sonne hinter den Schreckhornwänden hinabgesunken war. Aber erst wenn die Abendröte am Himmel das Wasser in ein flüssiges Gold verwandelte, trieb der Alte den Kahn langsam herein. Wie ein gespenstiger Schatten ragte dann seine Gestalt aus dem leuchtenden Wasserspiegel hervor.

Aber der Schwarztannsee konnte sich auch in ein finsteres, drohendes Auge verwandeln, wenn ein Gewitter herannahte und den Himmel verdunkelte. Dann standen sie zusammen am kleinen Fenster und schauten dem Treiben der entfesselten Naturgewalten zu. Oft brauste ein wütender Sturm über den See und warf hohe Wellen, die bis über das Ufer heraufbrandeten.

An schönen Abenden saßen sie noch draußen auf der kleinen Hausbank, bis die Nacht einfiel. Sie erzählten sich, was sie wussten und erfahren hatten. Hin und wieder steckte er ihr eine so große Summe Geld zu, dass sie sich scheute, sie anzunehmen.

»Das ist zu viel, Großvater!«

»Dann spare dir, was du nicht brauchst«, lächelte er nur.

»Wo bringst du nur immer das viele Geld her?«, wunderte sie sich.

»Man muss sein Geschäft nur verstehen.«

»Du meinst den Handel mit Fischen?«

»Was sonst?«

Das verstand sie nicht. Oft kam ihr der Großvater mit seinem Lächeln ganz geheimnisvoll vor. Sie wusste noch und konnte sich gut erinnern, dass ihre Eltern mit ständiger Not zu kämpfen hatten. Und der Großvater hatte immer ein übriges Geld. Wenn sie ihn darum gebeten hätte, er möge doch das alte Haus niederreißen und dafür ein neues bauen lassen, hätte er das bestimmt möglich gemacht.

Aber komischerweise war ihm die alte Fischerhütte gut genug. Wenn ein Winter- oder Wetterschaden auszubessern war, stieg er aufs Dach und legte neue Schindeln ein oder nagelte ein neues Brett an.

»Hereinregnen braucht es ja nicht unbedingt«, sagte er lächelnd.

»Eines Tages wird das alte Haus zusammenfallen, Großvater!«

»Ach, es hält noch zehn und vielleicht sogar noch mehr Jahre.«

»Und dann?«

»Dann gibt es ein neues.«

Sie verstand ihn oft nicht, den Alten, aber er war zu ihr von einer Güte, wie sie kein Vater größer seinem Kind entgegenbringen könnte. Deshalb fragte sie nicht weiter.

Sie war immer fein und ordentlich gekleidet, sodass sie sich von keiner Großbauerntochter unterschied. Das verlangte er von ihr.

»Aber ich bin doch bloß eine Fischertochter, Großvater!«, wollte sie manchmal einwenden.

»Du bist so viel wie alle anderen – mehr noch, denn du bist schöner!«, sagte er nur und legte seine Hand auf ihr dunkles Haar.

An den Sonntagen gingen sie zusammen zur Kirche ins Dorf, und es schien dem alten Janiser den größten Spaß zu bereiten, wenn die Burschen bewundernd und begehrlich seiner schönen Enkelin nachschauten. Aber keiner wagte es offenbar, ihr näherzutreten, denn der alte Janiser war immerhin ständig bei ihr.

Nur einer hatte es schließlich doch einmal gewagt: Simon, der ältere der Jakobersöhne. Er tat sich auch leichter als die Burschen im Dorf, denn als ihr nächster Nachbar kannte er ihre Gewohnheiten, und wann und wo sie ganz allein anzutreffen war. Eine ihrer Gewohnheiten war, dass sie fast jeden Abend zu der nahen Feldkapelle ging, die neben einer schmalen Fahrstraße, unweit vom Schwarztannsee entfernt, hinter einem dichten Gebüsch stand. In dieser Kapelle waren damals ihre toten Eltern bis zum Begräbnis aufgebahrt worden. Anna verrichtete hier vor dem kleinen Muttergottesaltar ein Gebet für die Toten und zündete dazu eine geweihte Kerze an.

Es war für Simon Jakober nicht schwer gewesen, hier auf sie zu warten und eine Annäherung zu machen. Obwohl er damit nicht gleich Erfolg hatte, kam er immer wieder und ließ nicht nach, bis er ihr Vertrauen so weit gewonnen hatte, dass sie bei bestimmten festlichen Anlässen mit ihm sogar zum Tanzplatz ging.

Schließlich wurde aus der Bekanntschaft von früher – denn sie waren ja früher schon auf dem Schulweg ins Dorf zusammengetroffen – eine heimliche Liebschaft, die freilich nicht lange verborgen blieb, weil Simon sich nichts aus dem Gerede der Leute zu machen schien und sich öfter mit der Fischertochter vom Schwarztannsee sehen ließ.

Er kam sogar zu ihr in die Fischerhütte, ob der alte Janiser da war oder nicht. Es hatte in der Tat den Anschein, als meinte er es ernst mit seiner Heiratsabsicht.

Und als er eines Tages sagte: »Anna muss meine Bäuerin werden. Hast du etwas dagegen, Janiser?«, da blieb der Alte stumm. Aber er sah, dass das Mädchen diesem Jakobersohn mehr und mehr zugetan war.

Eines Abends kam sie von der Kapelle heim und gestand dem Alten mit geröteten Wangen: »Heute hat er es mir gesagt, Großvater!«

»Was denn?«

»Dass er mich heiraten möchte.«

»Und du? Was hast du gesagt?«

Das erste Mal suchte sie vergeblich nach einem Lächeln in seinem Gesicht. »Was soll ich tun, Großvater?«

»Hast du ihn so gern, dass du ihn heiraten könntest?«

»Ich glaube schon.«

»Du glaubst es? Glauben heißt nicht wissen! Er ist der Sohn des Jakoberbauern und Erbe des Hofes!«

»Er sagt, dass er das mit seinem Vater schon zurechtbiegen werde.«

»Der Jakober und dein Vater waren Feinde!«

»Dafür können weder er noch ich etwas, Großvater.«

»Der Jakober wird nie erlauben, dass sein Sohn ein Mädchen heiratet, das nicht die Tochter eines großen Bauern ist.«

»Der Simon meint, dass er das schon regeln könnte.«

»Ich glaub es nicht, Kind. Ich kenne das! Enterben wird er ihn, wenn er nicht seinen Willen tut. Aber warten wir es ab. Du wirst mir nicht gar den Kopf verlieren, wenn er eines Tages eine andere heiratet, oder?«

»Nein, Großvater. Auch damit werde ich fertig.«

Der Alte glaubte ihr. Mit einem etwas bitteren Lächeln legte er ihr die Hände auf die Schultern und sagte. »Siehst du, für wen sollen wir ein neues Fischerhaus bauen? Solange ich noch lebe, hält es aus. Und Gott weiß, wohin dein Weg führt. Vielleicht gar in den Jakoberhof?«

Es kam anders. Simon ließ sich plötzlich nicht mehr sehen. Anna gab zunächst der harten Heuarbeit die Schuld. Solange die Wiesen nicht alle abgemäht waren, gab es bei den Bauern späte Feierabende. Trotzdem wollte es ihr nicht in den Kopf gehen, dass er, wenn er sie wirklich liebte, gar keine Zeit mehr für sie hatte. Er hatte ja früher auch immer eine Gelegenheit zu einem Zusammentreffen gefunden.

Sooft sie zur Kapelle ging, hoffte sie noch, dass er irgendwo aus dem Gebüsch kommen könnte, so wie früher. Sie wartete dann in der Kapelle, bis die Nacht zur offenen Tür hereinschaute, sie stand am Fenster der Fischerhütte und schaute hinauf zum Jakoberhof, auch wenn der Großvater längst schon ins Bett gegangen war. Simon kam nicht.

Sie war dem Großvater dankbar, dass er nie fragte, obwohl er es an ihrem Gesicht sehen musste, dass sie einen Kummer auf dem Herzen hatte.

Die Heuarbeit war längst vorbei. Die Bauern düngten ihre Wiesen für das zweite Wachstum. Simon kam nicht. Jetzt wusste sie, dass etwas anderes geschehen war. Und sie war fast froh, zu dieser Erkenntnis gekommen zu sein. Die Enttäuschung bereitete ihr wohl einigen Schmerz, denn sie glaubte, ihn doch recht gern gehabt zu haben, aber sie ließ sich nichts anmerken.

Und der Großvater schwieg. Er überging es.

An einem Sonntag standen Großvater und Enkelin in der Kirche und wohnten dem Gottesdienst bei. Da geschah es dann: Nach der Predigt las der Pfarrer auf der Kanzel die sonntäglichen Verkündigungen vom Kirchenzettel herunter, zuerst die Gottesdienstordnung für die kommende Woche, dann einzelne besondere Hinweise – und schließlich horchte Anna auf, und das Blut schlug in ihren Schläfen.

»Zum Sakrament der Ehe haben sich versprochen: Simon Jakober, Bauernsohn vom Öschberg, und die ledige Bauerntochter Barbara Riedinger von hier. Das ist die erste Verkündigung ...«

Anna hatte das Gefühl, als müssten die Leute ihre brennenden Wangen sehen. Sie glaubte auch, dass sich hier und dort ein Gesicht ihr zuwandte. Sie schaute geradeaus vor zum Altar, wo der Priester jetzt die Messe zelebrierte. Auch der Großvater tat es. Ihm war nichts anzumerken, aber auch gar nichts.

›Schuft!‹, schoss es ihr durch den Kopf. Ach was! Er war es nicht wert, auch nur ein Wort darüber zu verlieren.

Die Barbara! Sie waren sieben Jahre lang in der Schule nebeneinander gesessen. Die Barbara wusste nichts, sie war ein guter Mensch gewesen. Wie oft hatte sie ihr Pausenbrot mit ihr geteilt. Als reiche Bauerntochter hatte sie immer irgendwelche Leckerbissen dabei gehabt. Nein, Barbara war unschuldig. Kuppelei, wie sie früher unter Bauern üblich war – und heute wohl immer noch!

Auf dem Heimweg sprachen der Großvater und seine Enkelin kein Wort über das Aufgebot, das sie heute gehört hatten. Aber gerade dadurch verrieten sie, wie sehr sie sich damit beschäftigten. Sie sprachen über alles Mögliche, nur nicht von Simon Jakober, dem Bräutigam.

Erst daheim, als sie sich zum Essen hingesetzt hatten, drückte Janiser allmählich heraus, was er zu sagen hatte. Es war nicht viel: »Denk dir nichts!«

»Du meinst das Aufgebot, Großvater?« Sie hatte sich vollkommen in der Gewalt.

Er nickte. »Wärst du eine große Bauerntochter, dann hätte der alte Jakober vielleicht die Feindschaft vergessen und dich in sein Haus aufgenommen.«

»Es ist besser so, Großvater!«

»Ja, es ist besser. Regst du dich darüber auf?«

»Nein, jetzt nicht mehr.«

»Hast Recht! Was sind das für jämmerliche Männer, die nur darauf schauen, was die Braut einbringt! Er ist es nicht wert, dass du ihm auch nur eine einzige Träne nachweinst!«

»Das tu ich gewiss nicht, Großvater.«

»Das ist gut. Irgendwann einmal kommt schon noch der Richtige.«

»Das hat noch Zeit.«

Nach dem Essen zog er seine Brieftasche heraus und legte ein paar große Geldscheine auf den Tisch.

»Was ist mit dem Geld, Großvater?«

»Du wirst es brauchen, denn sicher gibt es eine große Hochzeit, und da musst du gekleidet sein wie die Größte vom Dorf!«, kicherte er.

»Was geht mich diese Hochzeit an?«

»Du willst nicht hingehen?«

»Nein.«

»Das ist dumm von dir. Erstens sollst du ihm zeigen, dass du dir überhaupt nichts daraus machst, und zweitens hast du mir von der Riedingertochter schon so viel schöne Dinge erzählt, dass du zumindest auf ihrer Hochzeit erscheinen solltest.«

Sie überlegte. »Warten wir's ab, Großvater!«

Es war fast dunkel, als Anna an einem Abend die kleine Feldkapelle verließ und die Tür leise hinter sich zuzog.

Am Himmel standen einzelne schwarze Gewitterwolken, ab und zu zuckte ein Blitz darüber. Der Wind rauschte durch die Bäume und Sträucher der Umgebung.

Es war ein bisschen unheimlich, und das Mädchen wollte weglaufen, schrak aber plötzlich zurück, denn vor ihr stand eine Gestalt, wie aus dem Boden geschossen. Simon Jakober.

Sie wollte ihm ausweichen, aber er vertrat ihr den Weg. »Ich muss mit dir sprechen, Anna!«, keuchte er.

»Was denn? Und wozu noch? Wenn es jemand sähe, gäbe es ein Gerede. Lass mich also in Ruhe, verschwinde!«, herrschte sie ihn an.

»Aber ich hab dir doch etwas zu sagen! Und deshalb bleibst du da!« Er fasste sie bei der Hand und hielt sie gewaltsam zurück, als sie sich vergeblich zu befreien versuchte.

»Wie du mir nur noch unter die Augen treten kannst! Du weißt anscheinend gar nicht, was du für ein erbärmlicher Kerl bist!«, zischte sie zornig.

»Ich muss Barbara heiraten, weil mein Vater es nicht anders zulässt.«

»Das hab ich bei der Verkündigung in der Kirche gehört. Du hättest dir also den Weg sparen können.«

»Ich mag Barbara nicht!«

»Ach ja? Warum heiratest du sie dann?«

»Das will ich dir ja eben erklären.«

»Ich will es gar nicht wissen.«

Sie riss sich los und ging weiter, aber er lief ihr nach und hielt sie abermals fest.

»Lass dir wenigstens erzählen, auf welche Weise ich zu dieser Heirat gezwungen werde: Wenn ich Barbara nicht zu meiner Frau nehme, übergibt mein Vater dem Thomas den Hof.«

»Und?«, fragte sie ungerührt.

»Versteh mich doch endlich, Anna! Ich kann nur eine Frau lieben, und das bist du! Aber soll ich denn zuschauen, wie sich mein Bruder in den Hof setzt, der mir von

Anfang an rechtens zusteht? So ist mein Vater! Ich könnte ihn erwürgen! – Aber ich lege ihm und allen ein Feuer vor die Augen, dass ihnen das Lachen vergeht. Ja, ich heirate Barbara, sie wird Bäuerin vom Jakoberhof, aber welche Bäuerin! Und wie lange wird sie es sein! Davon steht nichts im Vertrag! Sie mag die Bäuerin sein, meine Frau aber ist eine andere, eine, die ich liebe, und von der ich nicht mehr lasse! Warten wir, bis der ganze Zauber vorbei ist. Dann mag Barbara wieder heimkehren in den Riedingerhof. Aber ich habe, was ich will: Ich habe den Hof, und ich habe dich!«

Da schlug sie ihm die Hand ins Gesicht, dass ihm die Augen tränten, und wie von Furien verfolgt, rannte sie der Straße zu und lief weiter, immer in der Angst, er könnte sie verfolgen. Aber er blieb zurück.

Mit fliegendem Atem und verstörtem Gesicht kam sie daheim an und floh zunächst in ihre Kammer, um nicht gleich dem Großvater begegnen zu müssen. Er hätte ihr ja sofort angesehen, dass etwas Schreckliches passiert war.

Ja, es war schrecklich, was ihr da begegnet war. So konnte doch kein anständiger Mensch reden, ja, er durfte nicht einmal daran denken. Eines solchen Betruges konnte doch Simon Jakober nicht fähig sein! Sie hatte ihn immer für einen ordentlichen Menschen gehalten. Sie glaubte sogar, ihn zu lieben, denn er war der Einzige gewesen, der sich nicht gescheut hatte, das Fischerhaus aufzusuchen, obwohl er wusste, dass sein Vater einen erbitterten Hass gegen das Nachbarhaus am Schwarztannsee trug. Er hatte sich nicht gescheut, als reicher Bauernsohn sie, das einfache, besitzlose Fischermädchen, öffentlich zum Tanz zu führen.

Und jetzt entpuppte er sich als niederträchtige Kreatur! Er ging mit Barbara Riedinger zum Altar, nur um in den Besitz des väterlichen Hofes zu kommen. Er trug sich von vornherein mit dem Gedanken, seine Frau mit einer Geliebten zu betrügen. Und die Geliebte sollte sie, die Janiser Anna sein! Dachte er denn wirklich so niedrig von ihr? War sie auch für ihn nur die schwarzhaarige Zigeunerin, wie sie von den bösen Zungen des Dorfes manchmal genannt wurde, nur weil sie fröhlich und lustig war wie jeder andere junge Mensch auch?

Sie stand vor dem kleinen Wandspiegel und betrachtete ihr Gesicht. Nein, der Großvater durfte ihr nicht anmerken, was sie gerade erlebt hatte!

Sie war bitter entsetzt über die Schlechtigkeit auf der Welt, die sie bis heute für ein Paradies der Freude und der schönen Hoffnungen gehalten hatte. Aber das konnte doch nicht der Simon gewesen sein, der in solchen Worten zu ihr gesprochen hatte? War denn eine zweite Natur in ihm? Ein Teufel, der sich bis jetzt in ihm versteckt gehalten hatte? Dann durfte sie freilich froh und dankbar sein, dass diese Liebschaft zwischen ihnen in die Brüche gegangen war.

Sie hörte im Haus eine Tür gehen und erschrak.

»Anna! Wo steckst du denn?«, kam die Stimme des Großvaters vom Flur her.

»Ich bin schon da!«, antwortete sie.

»Komm in die Stube, es ist Besuch für dich da!«, rief der Großvater

Abermals ging die Tür. Der Großvater war in die Stube zurückgekehrt.

Besuch? – Doch nicht etwa ...? Nein, so frech konnte er doch nicht sein, dass er sie bis ins Haus verfolgte! Trotzdem betrat sie voll Furcht die Stube.

Am Tisch, gegenüber dem Großvater, saß eine junge Frau. Die Barbara Riedinger.

Sie trug ein hübsches Kleid mit einer kurzen Trachtenjacke darüber, das flachsblonde Haar hatte sie im Nacken zusammengebunden. Ihr etwas zu lang und schmal geratenes Gesicht schimmerte bleich im Lampenlicht.

Mit dem Anflug eines Lächelns erhob sie sich.

»Wahnsinn! Wie lange hab ich dich schon nicht mehr so richtig gesehen, Barbara?«, sagte Anna freundlich und bot der einstmaligen Schulfreundin die Hand zur Begrüßung.

»Dein Großvater hat gemeint, ich könnte auf dich warten«, entgegnete die Bauerntochter.

»Aber wenn du heimgehst, wird es bereits Nacht sein!«

»Das macht nichts, ich fürchte mich nicht. Außerdem bin ich nicht allein.«

Anna schaute sich nach einem Begleiter um. Aber da war niemand.

»Simon wartet drüben an der Straße auf mich.«

Anna sagte nichts, sondern deutete auf den Stuhl, die Freundin wieder zum Sitzen einladend.

Der alte Janiser verließ die Stube. Er musste den Kahn noch fester anketten für den Fall, dass während der Nacht ein Gewitter aufkam.

»Du weißt ja, dass ich in zehn Tagen heirate?«, begann Barbara und blickte etwas verschämt auf ihren Schoß nieder.

»Ja, das hab ich in der Kirche gehört.«

»Ich möchte dich gern dazu einladen, Anna.«

»Mich?«

Sie blickten sich unsicher an.

»Ich weiß schon, was du sagen willst, Anna. Aber sind wir nicht sieben Jahre lang in der Schule nebeneinander gesessen? Es würde mir furchtbar Leid tun, wenn gerade du an meinem größten Tag fehlen würdest! Was ist denn schon dabei, wenn man im Dorf eine Weile gemeint hat, dass zwischen dir und dem Simon so etwas wie eine kleine Liebschaft bestand? Es war ja nichts Ernstes! Er hat dich nicht sitzen lassen. Im Gegenteil, er sagt, dass es ihn sogar freuen würde, wenn er dich auf der Hochzeit sähe. Dann müssen die Leute eben ihre dumme Meinung korrigieren. Von der gelegentlichen Tanzpartnerin bis zur Braut ist ein langer Weg, da kann sich viel ändern. Und gerade das sollen die Leute sehen. Du musst kommen, Anna!«

»Ich kann nicht, Barbara!«, sagte Anna und wandte sich ab.

Barbara stutzte. »Warum nicht?«

»Das kann ich dir nicht sagen, ohne dir die ganze Freude zu verderben.«

»O ja, du kannst mir alles sagen! Waren wir nicht einmal die besten Freundinnen?«

»Als Kinder, ja – aber das ist schon sehr lange her!«

»Dann kann ich mir nur denken, dass du den Simon liebst!«

Anna drehte sich nach ihr um, blickte sie mit großen, starren Augen eine Weile schweigend an.

»Nein, du kannst ganz beruhigt sein«, sagte sie dann mit dumpfer Stimme. »Ich liebe ihn nicht, und ich habe nichts mit ihm zu tun. Und ich bin darüber sehr froh!«

Die Braut musste erst ihren Worten nachsinnen. »Was hast du sonst für einen Grund, dass du meine Einladung zurückweist?«, fragte sie dann.

»Ich bin keine Großbauerntochter und passe nicht dahin«, war die kurze Antwort.

»Du bist der Mensch, den ich von allen am liebsten hatte. Ich habe mich nicht geändert, Anna, und bilde mir nichts darauf ein, dass ich auf einem großen Bauernhof geboren bin, denn dafür kann ich ebenso wenig wie du, welche als Fischermädchen zur Welt gekommen ist. Ich sage es dir noch einmal, ich wäre sehr enttäuscht, wenn unsere Freundschaft von damals in die Brüche ginge, bloß weil ich das Glück habe, Bäuerin vom Jakoberhof zu werden. Deshalb bin ich ja zu dir gekommen: Ich wollte sehen, ob du mir noch gut gesinnt bist.«

»Natürlich bin ich das und bleibe es auch. Ich müsste schon sehr dumm sein, wenn ich mir eingebildet hätte, ich könnte einmal in den Jakoberhof einheiraten. Ich möchte es auch gar nicht!«

»Ach, wie bin ich froh, dich so sprechen zu hören, Anna! Ich habe in der Tat befürchtet, dass du einen Groll auf mich hast!«

»Dass es nicht so ist, das siehst du ja jetzt!«

»Ich sehe und glaube es nur dann, wenn ich dich auf meiner Hochzeit begrüßen kann! Ich weiß, dass du kommen wirst, und dafür danke ich dir schon im Voraus!«

4

Hin und wieder zog über die Schreckhornwände am Nachmittag oder gegen Abend ein sommerliches Wärmegewitter herein. Dann verdunkelte sich der Himmel ganz plötzlich und der Schwarztannsee machte seinem Namen alle Ehre. Die vielen freundlich blinkenden Lichter auf dem still ruhenden Wasserspiegel, wo die Sonnenstrahlen tanzten, erloschen und er glich einem finsteren und drohenden Auge.

Wenn der alte Janiser dann noch nicht daheim war, sprang Anna auf den Steg, wölbte die Hände um den Mund und rief ihn vom See zurück. Sie hatte jedes Mal wieder Angst, er könnte in den Sturm geraten, der das Wasser aufwühlte, sodass die Wellen über dem Kahn zusammenschlugen.

Oft sah sie ihn weit draußen die Netze einziehen, und ihre Angst war so groß, dass sie ein kleines Boot in den See stieß und dem alten Mann entgegenruderte. Dann erkannte man erst, welche Kraft in ihren schlanken, braunen Armen war, denn das Boot schoss nur so dahin.

Der Alte hatte jedoch das sich nähernde Gewitter bemerkt und war bereits auf der Rückfahrt. »Ich komm schon!«, rief er ihr zu und wischte sich den Schweiß vom Gesicht, der bei dieser Schwüle nicht zu vermeiden war. Während dann Anna ihr Boot aus dem Wasser zog, kettete er den Kahn am Pflock fest und schleppte die Netze zum Schuppen.

Kaum hatten sie in ihrem Stübchen Zuflucht gefunden, ging es draußen schon zu wie bei einem Weltuntergang. Einem alten frommen Brauchtum folgend zündete Anna die geweihte Wetterkerze an. Dann erst glaubte sie sich sicher vor Blitz, Hagel und Sturm.

»Ach, Großvater, ich finde es einfach schrecklich, dass du in deinem Alter noch so schwer arbeiten musst, damit wir überleben können«, klagte sie. »Wenn du es nur zulassen wolltest, würde ich dir gerne helfen beim Fischen. Ich kann doch nicht einfach dasitzen und warten, ob nicht doch einmal ein junger Mann kommt, der so etwas wie mich heiraten möchte, damit er die Arbeit für uns tut! Ich könnte doch auch eine Lehre beginnen oder in der Fabrik arbeiten, damit du dich nicht länger so plagen musst.«

»Und mich lässt du dann hier allein?«, fragte er fast vorwurfsvoll.

»Wo denkst du hin, Großvater? Dich würde ich natürlich mitnehmen! Und vielleicht finde ich auch einen Mann, der mich heiratet. Er kann arbeiten was und wo er will, nur mögen muss ich ihn, dann ziehe ich überall hin.«

»Und was soll aus dem Fischerhaus werden?«

»Hm«, überlegte sie. »Vielleicht ließe es sich verkaufen, wenn sich ein Interessent findet. Jedenfalls könnte man durch den Verkauf des Fischerhauses einige Schulden bezahlen. Meinst du nicht auch? Ich bin sogar sicher, dass der Jakoberbauer längst ein Auge darauf geworfen hat.«

»Vielleicht der Alte, wie es mit dem Jungen ist, weiß ich nicht. Aber was reden wir da, Mädchen? Erstens ist es dein Elternhaus, das man nicht ohne Grund weggibt. Außerdem ist auch noch kein Mann da, und vor allem: Ich bin recht rüstig und kann schon noch ein paar Jährchen arbeiten.«

»Dafür können wir dem Herrgott nicht genug dankbar sein, Großvater!«

Er nickte.

Unterdessen fiel draußen der Regen in Strömen nieder. Das Wasser drang durch die Fensterrahmen herein, rann über das schmale Brett und tropfte auf den Boden. Der Sturm rauschte, er bog die Bäume und warf die Wellen vom See brandend über das Ufer.

Anna wischte das Wasser auf. Die Kerze flackerte in der Zugluft, die hereindrang.

»Wenn ich so in meinem Kahn draußen im See stehe und auf das alte Fischerhaus zurückblicke, ist es mir oft, als säße etwas wie ein Gespenst auf dem First des Daches«, begann der Alte nachdenklich. »Ich weiß nur nicht, ist es ein gutes oder böses Gespenst. Es ist viel Unglück auf diesem Haus gewesen, und wenn ich die Dachlöcher sehe, meine ich, dass sie von Schuld eingedrückt worden sind ...«

Sie schaute ihn verständnislos an, aber er hielt den Kopf gesenkt, und sein weißes Haar leuchtete bei jedem Blitzstrahl hell auf.

»Von welcher Schuld sprichst du, Großvater?«

Er tat einen herben, lauten Atemzug. »Hab ich Schuld gesagt? Ich kann damit auch etwas anderes gemeint haben. Ich weiß nicht, wie ich sagen soll.«

Er schaute auf und begegnete ihrem Blick. »Dein Vater war mein Sohn, Mädchen – der einzige Sohn. Als man ihn damals zusammen mit deiner Mutter aus den Schneemassen grub, warst du Gott sei Dank noch recht klein und konntest das Unglück nicht ermessen. Aber ich konnte es und musste es tun.«

Sie kam näher und setzte sich zu ihm. »Ich weiß, ich habe dir viel zu danken, Großvater! Ich kann mich schon noch erinnern, wie du das erste Mal hier in die Stube gekommen bist. Das alte Kindermädchen war bei mir, sie ist schon lange tot. Du hast mit ihr ein paar Worte gesprochen, die ich nicht verstand. Aber ich sah es am Gesicht der Frau, dass sie sich freute. Du bist dann auf mich zugekommen, hast mich bei der Hand genommen und gesagt: ›Armes Mädchen! Ich bin dein Großvater. Wir beide bleiben jetzt beisammen!‹ An alles kann ich mich noch so gut erinnern, als wäre es erst gestern geschehen. Aber warum erzählst du mir nie etwas von meinen Eltern, Großvater? Ich weiß kaum etwas über sie, nur, dass der Vater Fischer vom Schwarztannsee war, ein großer, starker Mann, und die Mutter war eine schmächtige Frau, schwarzhaarig, fast so wie ich. Ihr Gesicht war bleich. Aber das habe ich vielleicht nur deshalb so in Erinnerung, weil ich sie zuletzt in der Kapelle aufgebahrt gesehen habe. Das alte Kindermädchen hat mich ein paar Mal hingeführt. Erzähl mir von meinen Eltern, Großvater!«, bat sie.

Er richtete sich ein wenig auf und blickte zum Fenster, an dem noch immer der Regen herabrann. »Da gibt es nicht viel zu erzählen«, sagte er und stützte die schrundigen Hände auf seinen Knien auf. »Dein Vater arbeitete auf einem großen Bauernhof drüben in Schwägel.«

»Wo ist das?«

»Hinten im Schwarzwassertal.«

»Und dort lernte er wohl meine Mutter kennen?«

Der Alte nickte. »Sie war Haushälterin auf dem gleichen Hof – und sie war hier zu Hause. Ihr Vater war damals der Fischer vom Schwarztannsee.« Er zögerte. »Nun ja, sie haben geheiratet, und dein Vater war dann der junge Fischer. Die beiden Alten starben, und deine Eltern fanden den Tod unter der Lawine am Heuberg. Gott schenke ihnen die ewige Ruhe!«

»Amen.«

Er seufzte herb auf. »Wir beide sind noch da, ich, der alte Großvater, und du, ihr Kind.«

Oben unter dem Dach, wo das Licht nur spärlich durch ein paar schmale Luken hereindrang, stand eine alte Truhe, die nichts enthielt als einige abgelegte Gebrauchsgegenstände, die man nicht wegwerfen wollte, und vergilbte Schriftsachen, die noch teilweise von den Großeltern mütterlicherseits stammten. Es waren alte Briefe und Dokumente, die alle mit der Geschichte des Hauses zusammenhingen und Aufschluss darüber gaben, wenn man etwas zu erfahren versuchte.

Seitdem Anna auf diese Schriften gestoßen war, saß sie an manchem Nachmittag, an dem sie nichts anderes zu tun wusste oder wenn der Regen auf das Dach klopfte, vor der alten Truhe und kramte und forschte darin herum. Sie las die alten Briefe, die der Vater an die Mutter geschrieben hatte, als er irgendwo an den Fronten des Krieges stand. Damals mussten sie noch nicht verheiratet gewesen sein, denn die Adresse trug noch den Mädchennamen der Mutter. Aus jedem der Briefe sprach eine tiefe Sehnsucht heraus.

Der Vater musste die Mutter sehr geliebt haben. Das Schicksal hatte es auch so gewollt, als sie zusammen den Tod erleiden mussten ...

Anna fand auch den gerichtlichen Bescheid, wonach in dem Prozess, den der Bauer Jakober gegen das Fischerhaus am Schwarztannsee angestrengt hatte, zu Gunsten des Vaters entschieden worden war. Was musste doch der Jakober für ein furchtbarer Mensch gewesen sein, dass er den Leuten im Fischerhaus ihr hartes und mageres Brot streitig machen wollte!

Sie fand auch ein Schreiben, das mit Dienstsiegel eines Truppenteils und dem unleserlichen Namen eines Hauptmanns versehen war. Darin wurde ihren Großeltern vom Fischerhaus in trauriger Pflichterfüllung mitgeteilt, dass ihr Sohn bei einem Nahkampf um eine Schlüsselstellung an der Südfront von einer Handgranate getötet wurde.

Der Gefallene war der Bruder ihrer Mutter gewesen. Wie schwer und hart musste diese Nachricht die alten Fischerleute getroffen haben! Sie hatten jetzt niemanden mehr als die Tochter, die sie daraufhin heimriefen von ihrem Dienst bei den Bauern.

Noch während des Krieges mussten die Mutter und der Vater geheiratet haben, denn sie fand Briefe, die bereits an Frau Janiser adressiert waren. Der Krieg ging zu Ende, und der Vater kam heil zurück.

Auf diese Weise erforschte Anna ihre Familiengeschichte. Sie besprach jeden neuen Fund mit dem Großvater. Aber der nickte nur dazu. Entweder wusste er nichts oder wollte nicht darüber sprechen. Aber warum sollte er ihr etwas vorenthalten? Gab es wirklich noch ein Geheimnis um das alte Haus am Schwarztannsee?

Es war ein sonniger Sommermorgen, auf den Wiesen und an den Bäumen perlte und schimmerte der dichte Nachttau im Licht des neuen Tages. Über die Schreckhornwände strichen die weißen Dämpfe, die aus den feuchten Kaminen stiegen, als Simon Jakober im festlichen Gewand vor dem Riedingerhof erschien, um seine Braut zur Trauung abzuholen. Der Hochzeitszug hatte sich bereits aufgestellt.

Über dem Hof lag heute die Stille eines Feiertages. Als aber die Braut in ihrem Hochzeitsschmuck aus dem Haus kam, krachten die Ehrenschüsse für das Brautpaar. Sie hallten bis hinein in die Berge und echoten vielfach durch die Schluchten nach. Vom Turm der Dorfkirche läuteten festlich die Glocken, die Musikkapelle setzte schmetternd ein. Der Hochzeitszug setzte sich in Bewegung Richtung Kirche.

Bis hinein zum Schwarztannsee waren heute die Glocken und die Trompetenklänge zu hören, denn der leichte Ostwind trug sie mit durch die klare Morgenluft.

Anna stand noch daheim in ihrem Stübchen und war mit dem Ankleiden beschäftigt. Sie machte sich heute besonders schön, sie hatte ihr festtägliches Gewand hervorgeholt und legte ihren besten Schmuck an. Damit konnte sie mit der reichsten Bauerntochter konkurrieren.

Der alte Janiser stand dabei und schaute ihr zu.

»Weißt, Großvater, eigentlich müsste ich ja daheim bleiben«, sagte sie dazwischen. »Ich gehöre nicht dorthin. Aber ich will die Barbara nicht kränken, weil sie mich unbedingt auf ihrer Hochzeit sehen will.«

»Geh nur, du hast nichts zu befürchten«, sagte er.

»Vielleicht wird der eine oder andere über mich lachen, weil ich so dumm war und mir vom Jakobersohn den Kopf hab verdrehen lassen.«

»Wer weiß schon davon!«

»Alle wussten es, Großvater, die mich mit ihm beisammen sahen.«

»Was macht's denn schon aus? Du wirst ihnen eben zeigen, dass du keinen Groll trägst.«

»Nein, ich trage wirklich keinen Groll. Nur Barbara tut mir Leid. Ich glaube, ich bin ihr gegenüber nicht aufrichtig genug gewesen.«

»Wieso?«, staunte er.

Sie schwieg und betrachtete sich im Wandspiegel.

»Du liebst ihn also doch noch?«, fragte er.

»Nein.«

»Nun, dann ist doch alles in Ordnung.«

»Bei mir schon ...« Sie drehte sich nach ihm herum. »Kann ich mich so sehen lassen, Großvater?«, lachte sie, aber ihr Gesicht kam ihm etwas bleich vor.

»Du siehst aus, wie es sich für dich gehört.«

»Für das Fischermädchen?«

»Für einen tapferen und schönen Menschen«, antwortete er ernst. »Wir haben uns vor niemandem zu schämen.«

»Vielleicht komme ich bald wieder zurück, falls es mir nicht gefallen sollte. Ich will mich nur bei Barbara sehen lassen und ihr meinen Glückwunsch sagen.«

»Wenn du bloß vor der Nacht zurück bist!«

Sie lachte. »Längst, Großvater!«

Dann ging sie.

Nach dem Hochzeitsamt stellte der Zug sich wieder auf und zog unter den Marschklängen der Kapelle zum Dorfwirtshaus, dessen Eingang heute mit Tannenbäumen und Girlanden geschmückt war. Es gab im Oberstock einen großen Saal, in dem alle Gäste Platz fanden. Rückwärts davon befand sich ein Tanzpodium, denn nach dem Mahl nahm dort die Musikkapelle Aufstellung und lockte mit ihren Weisen die Paare zum Tanz.

Besonders schön war der Ehrentisch mit Blumen und zartem Gedeck geschmückt. In der Mitte saß das Brautpaar, daneben die beiden Väter und nächsten Anverwandten. Auch der Ortspfarrer hatte dort seinen Platz. Außerdem sah man am Ehrenplatz ein neues Gesicht, einen etwa fünfundzwanzigjährigen Mann mit gesundem, sonnengebräuntem Aussehen, die Züge scharf und markant geschnitten. Sie hatten einige Ähnlichkeit mit dem des Bräutigams, auch in der Haarfarbe glichen sie sich, ebenso in der stämmigen, robusten Gestalt.

Das war Thomas, der zweite Sohn des Bauern Jakober, der schon einige Jahre in der Fremde war und zum Hochzeitstag seines Bruders für kurze Zeit Urlaub genommen hatte. Er war zum Brautführer ausersehen worden und saß neben Barbara am Tisch und unterhielt sich prächtig und heiter mit ihr, besser als der neu angetraute Mann.

Es war Barbara anzumerken, wie froh sie um diesen Gesellschafter war, denn Simon Jakober musste bald hier und bald dort hin, um einen Freund oder Gast zu begrüßen.

Der Hochzeitslader sagte ein launiges Sprüchlein auf, das viel Beifall fand, und der Pfarrer sprach ein kurzes Gebet. Darauf begann unter dem Klirren des Geschirrs das Mahl.

Natürlich konnte man nicht jeden einzelnen der vielen Gäste besonders vermerken, es gab auch solche, die nicht auffielen und nicht auffallen wollten. Sie hatten irgendwo im Hintergrund ihren bescheidenen Platz eingenommen.

Zu diesen Gästen zählte das Fischermädchen Anna Janiser. Sie hatte sich an einen Tisch gesetzt, wo ein buntes Gemisch von jungen Leuten sich zusammenfand. Und obwohl sie sich bescheiden im Hintergrund hielt, fiel sie bald auf in ihrem sauberen, anmutig und geschmackvoll geschneiderten Festkleid, in ihrer schwarzen flotten Haartracht, in der Schönheit ihrer ganzen Erscheinung.

Sie erregte große Bewunderung und wurde gleich in die Unterhaltung einbezogen. Und als der Tanz begann, den das Brautpaar eröffnete, stellten sich auch bald einige Tänzer ein, sodass sie kaum noch zum Sitzen kam. Es gelang ihr immerhin, bei günstiger Gelegenheit die Braut kurz zu sprechen und ihr ihren Glückwunsch zu sagen. Barbara drückte ihre Freude darüber aus, dass sie nun doch gekommen sei, und wünschte ihr recht viel Spaß.

Einmal begegnete Anna dem Blick Simons, der sie von einer Gruppe aus schon länger beobachtet haben musste. Sie spürte, wie ihr das Blut zum Herzen drang, denn sein Blick war von einer solchen Eindringlichkeit, dass sie seine ganze innerliche Zerrissenheit zu erkennen glaubte. Und das an seinem Hochzeitstag!

Sie spürte seine Unrast, seine Unlust, seine Angst und seine Bitte ...

Sie fürchtete diese Blicke und wich ihnen aus. Wie froh war sie, als sie gleich wieder von einem ihrer Tischnachbarn zum Tanzplatz geführt wurde.

Trotzdem äugte sie immer wieder nach dem Ehrentisch. Sie sah dort die breite, wuchtige Gestalt des alten Jakober, sein gerötetes Gesicht mit den etwas vorquellenden Augen. Er war gerade mit dem Pfarrer in einem eifrigen Gespräch. Von den Tischblumen etwas verdeckt, entdeckte sie die Braut. Sie wurde von Thomas unterhalten. Der Platz Simons war leer.

So ging es ein paar Stunden fort. Durch den Saal schwebten die Rauchwolken, die von den surrenden Ventilatoren nicht verschluckt werden konnten. Der Lärm wurde stärker, je mehr Alkohol ausgegeben wurde. An den schrägen Sonnenstrahlen, die zu den Fenstern hereinfielen, merkte man bereits, dass es Abend wurde.

Es gab eine längere Tanzpause, denn nun wurde wieder gegessen. Und als abermals die Fanfare zum Tanzbeginn erklang, stand plötzlich Simon Jakober vor ihr und bot ihr den Arm.

Sie spürte, wie ihr das Blut aus dem Gesicht wich und dann wieder wie eine heiße Welle zurückschoss, aber sie konnte nichts anderes tun, als ihm zu folgen.

Sie glaubte, den Boden unter den Füßen zu verlieren, als sie mit ihm tanzte. Groß waren das Gedränge und der Lärm um sie. Sie hoffte, dass es gar nicht auffiel, was da geschah. Es gehörte sich ja, dass der Bräutigam die Mädchen aus seinem näheren Bekanntenkreis zum Tanz führte.

»Es ist nett, dass du gekommen bist«, sagte er.

»Ich tat es Barbara zuliebe, sie hat mich darum gebeten«, war ihre kühle Antwort.

»Du bist großartig, Anna!«

Sie wollte sich in kein längeres Gespräch mit ihm einlassen und schwieg.

»Ich wollte dich nur noch bitten, zu vergessen, was neulich an der Kapelle vorgefallen ist«, fuhr er nach einer Weile flüsternd fort. »Ich weiß nicht, was da mit mir los war. Vielleicht wollte ich dir nur sagen, du sollst mich nicht für einen Schuft halten und zu begreifen versuchen, dass ich nicht anders handeln konnte. Du kennst eben meinen Vater nicht. Aber ich war so zerfahren und zerrissen, als ich dich wiedersah. Da redet man dann Worte, die einen hinterher reuen. Bitte, Anna, verachte mich nicht deshalb – und vergiss es!«

»Ich will es versuchen, schon wegen der Barbara.«

»Du musst mir gut bleiben und mir deine Freundschaft bewahren, Anna!«, stieß er leidenschaftlich hervor.

Sie spürte, wie der Griff, mit dem er sie führte, fester wurde, wie seine Augen auf ihrem Gesicht lagen, aber sie wich ihnen vorsätzlich aus.

»Ich will versuchen, alles zu vergessen, was zwischen uns gewesen ist«, erwiderte sie nach einigem Zögern. »Aber Freundschaft wollen und können wir das nicht nennen, was wir bewahren sollen, schon der Barbara wegen, die heute deine Frau geworden ist!«

Sie merkte an seinem heftigen Atem, der ihr Gesicht streifte, wie erregt er war.

»Ich bezweifle, dass du mich je einmal geliebt hast«, zischte er.

»Ob ich dich geliebt habe? Das ist eine Frage, die uns beiden heute nicht mehr zukommt«, sagte sie.

»Und wenn ich dich frage: Wenn das alles nicht wäre, und ich könnte heute noch ins Fischerhaus kommen wie damals ...?«

»Nein!«

»Was nein? Du könntest mich nicht mehr lieben?«

»Nein!«

»Anna!«

Die Musik schwieg. Der Tanz war zu Ende, und die Paare klatschten in die Hände. Simon wollte seine Tänzerin festhalten und noch eine weitere Runde abwarten, aber sie stieg vom Podium hinab. Er begleitete sie zu ihrem Platz zurück, nickte ihr zu und verschwand.

Sie saß nun wieder bei ihrer Tischgesellschaft und meinte, man müsste ihr die Gedanken vom Gesicht ablesen können, die voll Empörung und Verwirrung durch ihren Kopf gingen. Der eine oder andere Bursche, der es längst auf sie abgesehen hatte, wollte sie zum Tanz holen, aber sie lehnte alle freundlich ab und hatte nur den einen Wunsch, den Saal verlassen und heimgehen zu können. Das hätte ihr niemand verwehrt. Außerdem fing es an zu dunkeln, sodass die Lichter eingeschaltet wurden.

Aber sie fürchtete aufzufallen. Es käme einer Flucht gleich. Und dann stand abermals ein tanzlustiger Bursche vor ihr, um sie aufzufordern, eine große, stämmige Erscheinung. Fast erschrocken schaute sie in das scharf gezeichnete Gesicht mit den eckigen Backenknochen und den ruhigen, besonnenen Augen. Der Mund war zu einem etwas scheuen Lächeln geöffnet und zeigte eine Reihe weißer, gesunder Zähne, die in der Bräune des Gesichtes noch stärker aufblitzten. Thomas Jakober ...

Sie erhob sich und folgte ihm zum Podium. Sie tanzte mit ihm wie zuvor mit seinem Bruder und wusste nicht, warum sie so aufgeregt war.

»Es ist schön, dass wir uns auch wieder einmal sehen, Anna«, sagte er mit ruhiger, wohlklingender Stimme.

»Wie geht es dir so?«

»Ich kann mich nicht beklagen.«

»Dein Großvater ist immer noch gesund?«

»Gott sei Dank – ja.«

»Es ist lange her, dass wir zusammen zur Schule gegangen sind! An der Kapelle haben wir immer auf dich gewartet, mein Bruder und ich, bis du mit deinem Ränzchen herangetrippelt bist. Und heut ...«

Er brach ab.

»Dir geht es wohl auch gut, Thomas?«, fragte sie, um ihn der Verlegenheit zu entreißen.

»O ja.«

»Bleibst du länger hier?«

»Vielleicht eine Woche. Ich will dem Vater noch helfen, er siedelt jetzt in die Hütte über.«

»Du lässt dich selten daheim sehen!«

»Ach, was soll ich daheim? Ich bin eigentlich nur zur Hochzeit meines Bruders gekommen, weil der Vater es wollte.«

»Es gehört sich ja auch so.«

»Natürlich«, gab er zu. »Ich bin eigentlich schwer abkömmlich, musst du wissen. Auf dem Hof, wo ich heute arbeite, ist der Bauer gestorben. Ich bin dort so etwas wie der Baumeister.«

»Respekt!«

Sie tanzten noch eine zweite und eine dritte Runde miteinander. Es war jetzt bereits Nacht geworden. Anna besann sich darauf, dass der Großvater auf sie wartete und sich vielleicht ängstigte, wenn sie so allein in der Nacht auf dem Weg zum Schwarztannsee war. Das sagte sie Thomas auch.

»Schade!«, sagte er. »Ich hätte gern noch weiter mit dir getanzt. Zuerst hat man tausend Verpflichtungen, aber jetzt bin ich endlich frei.«

Aber sie ließ sich nicht halten.

»Ich bringe dich heim, Anna«, erbot er sich. »Darf ich?« – Sie zögerte.

»Ich weiß schon, du fürchtest, man könnte uns sehen. Ist es nicht so?«

»Ich möchte dich nicht in Unannehmlichkeiten bringen, Thomas!«

»In Unannehmlichkeiten? Mich?«

»Du weißt ja, dein Vater ist nicht gut auf das Fischerhaus zu sprechen.«

»Wenn es nach meinem Vater ginge, müsste ich sogar die Erlaubnis bei ihm einholen, wenn ich bloß einem Menschen grüß Gott sagen möchte, der ihm nicht passt«, lachte er. »Aber ich kümmere mich nicht darum. Außerdem ist er mit dem Riedinger und dem Pfarrer so beschäftigt, dass man meint, sie möchten gleich mit dem Kartenspiel anfangen.«

»Ich hätte gern noch Barbara gute Nacht gesagt«, überlegte sie.

»Komm, gehen wir doch hin zu ihr!«

»Nein, das geht nicht!«

»Warum denn nicht? Es ist keiner am Tisch, der beißt!«

Sie richtete einen Blick zum Ehrentisch und begegnete dabei den Augen Simons, die ihnen erschreckend aufmerksam folgten. Aber ein glücklicher Zufall enthob sie dieser unangenehmen Verpflichtung, denn die Braut bestieg gerade mit einem Tänzer – es war ihr Bruder – das Podium.

Anna trat ihr in den Weg und sprach ein paar Worte zum Abschied zu ihr. Darauf verließ sie unbeobachtet den Saal, holte ihre Jacke aus der Garderobe und trat hinaus auf die Straße.

Es war nun völlig Nacht geworden. Auf die Bauernhöfe fiel das Licht der einzelnen Straßenlampen. Überall war es dunkel, und kein Mensch war mehr unterwegs. Die Musik und der Lärm von der Hochzeitsfeier her waren durch das ganze Dorf hin zu hören.

Gleich an der ersten Ecke trat ihr Thomas Jakober entgegen.

»Es wäre nicht nötig, dass du mich heimbringst, Thomas«, sagte sie. »Ich hätte mich gewiss nicht gefürchtet.«

»Das kannst du nicht sagen, der Weg ist sehr einsam. Außerdem freue ich mich, dich getroffen zu haben, denn ich hätte es mir doch nie erlaubt, dich im Fischerhaus aufzusuchen.«

»Warum denn nicht? Wegen deines Vaters?«

»Nein, ich habe vom Vater nichts zu befürchten.«

»Oder gar wegen deines Bruders?«

»Wieso wegen meines Bruders? Was geht das meinen Bruder an?«

Sie wurden beide ein wenig verlegen.

»Ich weiß schon, er war lange hinter dir her«, sagte er dann. »Hoffentlich hast du ihm nie geglaubt, was er dir vorgemacht hat!«

Sie schaute ihn bestürzt an. »Wie meinst du das?«

Er zögerte mit der Antwort. Sie kamen jetzt an den letzten Häusern vorbei und verließen das Dorf. Still und dunkel lag das Land vor ihnen. Nur von ein paar einsamen Höfen schimmerte das Licht herab. Die Schreckhornwände ragten mit ihren schwarzen Konturen in den Sternenhimmel hinauf.

»Reden wir offen miteinander, Anna!«, begann er dann. »Ich hätte das schon viel früher tun müssen. Aber ich war zu feige dazu. Niemand kennt meinen Bruder besser als ich. Ich zweifle nicht daran, dass er dich gern hatte und dass er niemanden lieber zur Frau genommen hätte. Aber da war der Vater, der sich diesem Vorhaben wie ein gewaltiger Berg entgegenstellte. Ich weiß nicht, mit welchen Mitteln er ihn zwang, seinen Willen zu befolgen, aber ich kann es mir denken. Er hat ihn ganz einfach vor die Wahl gestellt, entweder Barbara zu heiraten und damit den Hof zu übernehmen, oder aber auf den Hof zu verzichten, wenn er es vorzog, nach seinem Willen – sagen wir gleich, nach seinem Herzen zu heiraten. Da war mein Bruder geschlagen. Auf den Hof wollte und konnte er nicht verzichten, dazu ist er viel zu besitzgierig.«

Sie schüttelte nur den Kopf dazu. »Ich weiß nicht, Thomas, willst du nun bei mir deinen Bruder verteidigen oder anklagen«, sagte sie bitter. »Ich habe nichts mehr mit ihm zu tun!«

»Weder das eine noch das andere will ich. Aber du sollst wissen, wie die Dinge liegen.«

»Warum ich? Du tust, als wäre ich irgendwie zu bedauern. Nein, nein, ganz im Gegenteil: Ich bin froh, dass es so gekommen ist.«

Jetzt wandte er ihr bestürzt sein Gesicht zu. »Dann hast du ihn gar nicht geliebt?«

Sie zuckte die Schultern. »Es mag sein, dass ich ihn einmal recht gern hatte, wenigstens habe ich es gemeint. Aber das war in dem Augenblick vorbei, als er sich von mir abwandte. Einem Mann, der den Hof der Frau vorzieht, weine ich keine Träne nach. Wenn jemand zu bedauern ist, dann die Barbara. Sie hat es nicht verdient, dass sie eines Tages sehen muss ...«

Sie brach ab und zog die Jacke fester um ihre Schultern. Aber nicht die kühle Luft, sondern der Gedanke brachte sie zum Frösteln.

»Aber so sind die Menschen«, fuhr sie fort. »Sie sehen das Unglück auf einen anderen zukommen, aber sie tun nichts, um es aufzuhalten. Entweder sind sie zu feige dazu, oder sie fürchten, sich selbst in Unannehmlichkeiten zu bringen, oder sie sagen sich, dass es sie nichts anginge. Ich bin auch nicht besser, und das ist mein Kummer.«

Er nickte gedankenverloren vor sich hin. »Ich weiß, was du sagen willst, Anna, und was du fürchtest. Ich fürchte dasselbe, aber ich kann nichts tun. Nächste Woche fahre ich wieder weg und kann nur hoffen, dass niemand diesen Hochzeitstag zu bereuen hat.«

Sie wanderten jetzt über die breite, lang gezogene Höhe, die den Schwarztannsee vom Dorf trennte. Sie sahen drunten das Blinzeln eines einzigen Lichtes. Es kam vom Fischerhaus her. Drüben auf dem Öschberg war alles dunkel. Im Jakoberhof war heute kein Mensch zu Hause bis auf die alte Haushälterin, die den Hof zu hüten hatte. Sie war wohl längst zu Bett gegangen.

»Schau, mein Großvater ist noch auf!«, sagte Anna. »Er findet keine Ruhe, bis ich nicht daheim bin.«

»Kann er denn noch immer seine Arbeit tun?«

»Ja, ja. Das kann er.«

»Was wird denn mit euch sein, wenn er nichts mehr tun kann?«

»Dann werfe ich die Netze in den See.«

»Du?«, staunte er.

»Man kann alles, wenn man will und wenn man muss.«

Der Weg führte jetzt bergab zur Seeniederung. Die gewaltige Kulisse der Schreckhornwände kam näher. Sie kamen an der Feldkapelle vorbei.

»Es ist so seltsam, Thomas«, begann sie nach einigem Schweigen wieder. »Wenn ich am Abend unsere Kapelle betrete und die Kerze brennt, ist es mir jedes Mal, als wäre ich mit meinen Eltern zusammen. Ich kann mit ihnen sprechen und höre sie antworten. Gibt es das denn?«

»Das ist schon möglich. Die Seelen der Verstorbenen sollen sogar neben uns am Tisch sitzen oder mit uns bei der Arbeit stehen, hat einmal ein alter Pfarrer drüben in Au bei einer Predigt gesagt.«

»Man hat meine toten Eltern damals in der Kapelle aufgebahrt, weil kein Platz in unserem Haus war. Und nun tröstet es mich, wenn ich sie abends hier aufsuche.«

»Willst du es jetzt auch noch tun?«

»Nein, heute nicht mehr. Mein Großvater wird am Fenster oder vor der Tür stehen und warten.«

Er ging mit ihr noch fast bis ans Haus heran. Über den See hin strich ein hauchdünner Nebel.

Sie bot ihm die Hand. »Ich danke dir fürs Heimbringen, Thomas! Es tut mir nur Leid, dass du den ganzen weiten Weg wieder zurücklaufen musst!«

»Gerade darauf freue ich mich.«

»Du freust dich?«, wunderte sie sich.

»Auf das Alleinsein. Man hat so vieles nachzudenken. Wenn Simon Jakober nicht mein Bruder wäre, Anna, durch den du eine so bittere Enttäuschung erlebt hast, würde ich dir noch etwas ganz anderes sagen. So aber müsstest du denken, dass ich eben auch nur ein Jakober bin.«

Sie standen beisammen und schauten aneinander vorbei auf die schwarzen Silhouetten der Schreckhornwände.

»Ich weiß nicht, ob wir uns noch einmal sehen, bevor ich wegfahre«, fuhr er fort. »Du würdest vielleicht erschrecken, falls du mich vor der Kapelle stehen sähest, wenn du zu deinen Eltern herkommst. Ich bin damals von daheim fortgegangen, nicht etwa, weil es mein Vater wollte oder weil ich mich nicht mit meinem Bruder vertrug. Ich hab sogar beide sehr verärgert, denn man musste sich für mich um einen Arbeiter umschauen. Freilich, ich mochte nicht eines Tages bei meinem Bruder den Arbeiter machen. Aber das alles war doch nicht der eigentliche Grund, warum ich nicht mehr daheim sein wollte. Ich habe damals gesehen, wie es zwischen dir und meinem Bruder zuerst zu heimlichen, dann zu ganz unversteckten Begegnungen kam. Ich wusste, dass er Abend für Abend zum Fischerhaus lief, ohne sich um das Verbot unseres Vaters zu kümmern. Es gab für mich keinen Zweifel mehr, dass er dich liebte und dass auch du ihm gut warst. Ich sah mich beiseite gedrängt, aber so wahr mir Gott helfe, ich habe nicht gedacht und nicht gewollt, dass es so kommen soll, wie es heut ist – obwohl ich es wissen musste, dass der Vater nie seine Einwilligung geben würde. Er ist in so einer Feindschaft unversöhnlich. Aber es war mir auch klar, dass Simon, als sein Lieblingssohn, ihm manches abpressen konnte. Ich ging also und räumte das Feld. Du hast es nicht gewusst und durftest es nicht wissen, weil du sonst vielleicht über mich gelacht hättest: Auch ich hab dich geliebt. Darin bin ich meinem Bruder gleich, sonst haben wir eine grundverschiedene Natur. Während mein Bruder das Blut des Vaters erbte und deshalb wohl auch von ihm mehr geliebt wurde, geriet ich mehr meiner Mutter nach, die leider früh sterben musste.«

Sie schaute ihn ganz verwirrt an.

Aber er reichte ihr die Hand. »Das war es, was ich dir sagen wollte, Anna. Sei mir nicht böse! Wenn du in irgendeiner Sache Hilfe brauchen solltest, dann denke an mich. Vergiss, dass ich ein Jakobersohn bin! Leb also wohl in deinem Fischerhaus, und grüße mir deinen Großvater!«

Darauf ging er weg und kehrte den Weg zurück, den sie eben gekommen waren.

Sie musste erst den Sinn seiner Worte erfassen, es war alles so unklar, was er sagte. Sollte es eine Liebeserklärung gewesen sein? Eine Andeutung über einen Verzicht, den er auf sich genommen hatte? Nein. Sie hatte nie recht Acht gegeben auf diesen zweiten Sohn Jakobers, er war immer so still gewesen, so unauffällig und zurückhaltend.

Sollte es in ihrem Schicksal liegen, mit dem verfeindeten Jakoberhof, von dem der Schwarztannsee das alte Fischerhaus trennte, verknüpft zu bleiben? Sollte mit dem zweiten Sohn neu beginnen, was mit dem Ersten gerade Unheil verkündend geendet hatte? Eine Liebschaft, die sie nie wollte, an die sie nie gedacht hatte?

Sie waren beide Söhne des Bauern Jakober. Aber Thomas war nicht Simon. Er war kein Jakober, wie er selbst sagte. Er war wie seine Mutter, vom Vater weniger geliebt ...

Als sie sich dem Haus näherte, sah sie den Großvater vor der Tür stehen und nach ihr Ausschau halten.

In der schwarzen Flut des Sees spiegelten sich die Sterne. Ein dünner Nebel wischte darüber.

5

Noch zeigte sich kein Schimmer des neuen Tages, aber es ging bereits den Morgenstunden zu, als Simon Jakober mit seiner neu angetrauten Frau vor dem Hof vorfuhr. Kein Fenster war beleuchtet, der Vater, der viel früher heimgekehrt war, hatte sich schon zur Ruhe gelegt. Auch von Thomas war nichts mehr zu sehen gewesen, er hatte den Festsaal wohl noch früher verlassen.

Der junge Bauer und Barbara stiegen aus dem Wagen.

Sie gingen ins Haus und betraten die Stube. Simon tastete nach dem Lichtschalter und brauchte lange, bis er ihn fand. Als das Licht brannte, schauten sie sich an. Ihr Brautschleier war verknüllt und aus der Form geraten, der Myrtenkranz saß schief auf ihrem Haar. Bei der Fahrt über den holperigen Feldweg war alles ein bisschen in Unordnung gekommen. Er war auch gar so wild gefahren.

Nun schaute er sie mit rotem Gesicht und trunkenen Augen an und brach in ein unflätiges Lachen aus.

»Was ist denn?«, fragte sie befremdet. »Was freut dich denn so?«

»Schau in den Spiegel, dann wirst du selbst lachen!«

Sie tat es jedoch nicht, sondern löste Kranz und Schleier von ihrem Haupt und legte beides weg. »Du bist auch unsinnig gefahren«, tadelte sie.

»Wir kommen ja schließlich von einer Hochzeit!«

Sie schaute ihn an. »Du bist betrunken, Simon!«

»So? Wenn du es sagst, wird es schon so sein.«

»Wenn ich das eher bemerkt hätte, wären wir früher weggefahren.«

»Warum denn?«

»Man muss sich ja schämen!«

Er kniff die Augen zusammen. »Wie? Du schämst dich mit mir? Dann hättest du mich nicht heiraten dürfen. Jetzt ist es zu spät!«

»Simon!«

Er ließ sich auf einen Stuhl nieder und band die Schuhe auf. Als es nicht gehen wollte, half sie ihm dabei. Sie nahm ihm die Jacke ab und knöpfte seine Krawatte auf. Sie legte alles säuberlich zusammen.

»Hol mir etwas zu trinken!«

»Nein, heute hast du genug getrunken!«

»Hol etwas zu trinken!«, herrschte er sie jetzt an.

Sie merkte, dass er in seinem Zustand sogar zu streiten anfangen wollte, und ging hinaus, um nach dem Wein im Keller zu suchen. Es dauerte lange, bis sie die Stellage fand, sie musste sich erst orientieren in dem fremden Haus. Als sie zurückkam, stand er schon da, um ihr die Flasche aus der Hand zu nehmen.

»Soll das der Anfang sein?«, fragte sie empört.

Er entkorkte die Flasche, und dann starrte er seine Frau an. »Welcher Anfang?«

»Wir stehen uns jetzt in diesem Haus das erste Mal als Mann und Frau gegenüber.«

Er machte nur eine gleichgültige Bewegung, hielt dann die Flasche an den Mund und trank sie gierig bis zur Hälfte leer.

Sie war entsetzt. »Ich hab nicht gewusst, dass du ein Säufer bist!«

»Du weißt noch vieles nicht. Säufer bin ich keiner, merk dir das! Heut ist Hochzeit!«

Er wollte abermals die Flasche ansetzen, da ging sie entschlossen auf ihn zu und nahm sie ihm aus der Hand.

»Nichts mehr jetzt!«, sagte sie.

Zuerst flackerten seine Augen böse auf, dann lachte er wieder belustigt. »Ja so, ich bin ja jetzt Ehemann und muss parieren.«

Darauf setzte er sich auf die Bank unter den Fenstern und streckte die Beine aus.

Sie hatte sich von ihm abgewandt und stand nun in der dämmerigen Ofenecke, ohne dass ein Wort fiel. Seine Lider wurden schwerer und fielen zeitweilig zu.

Da brach sie plötzlich in ein Weinen aus, aber es dauerte lang, bis er es merkte. Dann riss er doch einmal die Augen auf und schaute nach ihr.

»Was ist denn?«, fragte er.

Sie schluchzte nur.

Jetzt stand er auf und ging auf sie zu. »Barbara! Du wirst doch nicht weinen? Warum denn?«

»Weißt du denn nicht, was du mir antust?«, schluchzte sie und wischte mit der Hand über ihre Augen.

Er legte die Hände auf ihre Schultern. »Aber Barbara! Darf man an seinem Hochzeitstag nicht ein wenig lustig sein?«

»Nennst du das lustig, wenn man den Wein aus der Flasche trinkt, grobe Reden führt und dazu lacht wie ein Betrunkener? Haben wir uns nichts anderes zu sagen und zu wünschen, die wir eben als junges Ehepaar die Stube betreten haben, in der sich alles abspielen wird, was das Schicksal uns zugedacht hat an Freud und Leid? Ich wollte in den Weihwasserkessel greifen und dir das Kreuz auf die Stirn machen, und du solltest dasselbe tun. Derweil führst du dich so auf!«

Nun war er doch etwas schockiert. »Verzeih mir, Barbara! Es war nicht richtig von mir, dich so anzufahren. Ich hab wirklich nicht gewusst, was ich tu. Verzeih mir!«

Unter Tränen schaute sie zu ihm auf.

Er ergriff ihre Hand. »Komm, wir setzen uns noch ein wenig zusammen und sprechen über unsere Hochzeit.«

Sie folgte ihm an den Tisch, wo sie sich niederließen.

»Es war doch alles in schönster Ordnung«, begann er dann, stützte den Ellenbogen auf den Tisch und fuhr mit den Fingern durch sein verwirrtes Haar. »Schon in der Kirche, wo sie die schöne Festmesse gesungen und ein Geigensolo gespielt haben. So viele Leute hat unser Pfarrer noch nie in seiner Kirche gesehen und der Wirt auch nicht in seinem Saal. Was meinst, was da weggegessen und weggetrunken wurde! Jawohl, es war heute eine Hochzeit, wie man sie im Dorf nicht mehr so schnell sieht. Und da kommen wir nun heim und fangen an zu streiten und zu heulen, bloß weil ich noch ein wenig Durst hatte.«

»Du warst plötzlich so grob zu mir, Simon!«

»Grob? Das meinst du nur. Freilich, wir werden uns erst an die Art des anderen gewöhnen müssen. Was ich dich fragen wollte: Weißt du, wo Thomas auf einmal hingegangen ist? Er war ganz plötzlich verschwunden.«

»Vielleicht ist er heim gegangen?«

Er schüttelte den Kopf. »Ich hab ihn noch gesehen, wie er mit der Janiser Anna getanzt hat.«

»Sollte er das nicht? Du hast ja auch mit ihr getanzt, und es hat mich mächtig gefreut.«

»So? Du bist also nicht eifersüchtig geworden?«

»Nein, ich weiß, was ich von ihr und von dir zu halten habe. Kein Mensch hat sich etwas dabei gedacht. Welcher Bursche tanzt nicht einmal gern mit der Anna und verliebt sich ein wenig in sie?«

»Vielleicht hab ich sie immer noch gern?«

»Das sollst du auch! Ich meine natürlich im Rahmen«, setzte sie rasch hinzu. »Das Fischerhaus ist unsere Nachbarschaft. Ich möchte die Feindschaft nicht fortsetzen und darum freue ich mich, dass du mit der Anna getanzt hast.«

»Was hat der Vater dazu für ein Gesicht gemacht?«

»Der hat es gar nicht bemerkt, weil er gerade mit dem Pfarrer über die Friedhofserweiterung gesprochen hat.«

Beide lachten.

Er wurde gleich wieder ernst. »Was mir auffiel, ist, dass die beiden, die Anna und der Thomas, zusammen verschwunden sind.«

»Das stimmt nicht, ich hab Anna noch im Saal gesehen, da war dein Bruder schon nicht mehr da.«

»Sie können sich ja beim Tanzen verabredet haben.«

»Wozu sollen sie denn das getan haben?«

»Dass sie zusammen heimgehen.« Seine Stirn war gefurcht.

»Wäre das so schlimm? Im Gegenteil, dann musste das Mädchen nicht allein den weiten Weg machen. Es war schon sehr dunkel.«

»Aber es gehört sich nicht, dass einer der nächsten Anverwandten einfach verschwindet! Das ist lümmelhaft!«

»Rege dich darüber nicht auf, Simon! Es war ja unsere Hochzeit und nicht dem Thomas seine.«

Sie stand auf.

»Und jetzt, Simon, meine ich, dass es Zeit ist, ins Bett zu gehen.«

Er sagte nichts. Mit umwölkter Stirn erhob er sich ebenfalls.

Sie war schon fort, als er immer noch dastand und gedankenverloren seinen Hemdknopf auf- und zuknöpfte. Seine Brauen waren finster herabgezogen. So schaute er auf seinen eigenen Schatten, den das Lampenlicht an die Tür warf. Schließlich löschte er das Licht und folgte seiner jungen Frau in das Schlafzimmer.

Weil auf dem Jakoberhof, wie es bei einem so großen Ereignis Sitte ist, alles im und am Haus frisch und neu gemacht werden sollte, man damit aber nicht vollständig fertig wurde, gab es noch einige Aufregung. Die Hütte, die der alte Jakober beziehen sollte, wurde erst ein paar Tage nach der Hochzeit fertig. So lange standen auf allen Gängen und auf dem Flur im oberen Stockwerk die Möbel herum und so lange musste der Alte noch im Haupthaus wohnen und schlafen.

Erst als die Maler mit Farbtöpfen und Staffeleien das Feld räumten, konnte der Umzug vorgenommen werden. Einen ganzen Tag hatten Simon und Thomas damit zu tun, die Schränke, Stühle und Betten hinüberzuschleppen und die wenigen Räumlichkeiten wohnlich einzurichten. Der Alte selbst überwachte diese Arbeit und wies an, wohin er dieses oder jenes Ding haben wollte. Nur bei dem schweren Geldschrank, den er unbedingt bei sich haben wollte, solange er noch etwas in der Gemeinde und in beruflichen Verbänden zu sagen hatte, griff er selbst mit an. Da traute er nicht einmal seinen eigenen Söhnen.

Als die beiden Brüder eine abgestellte Truhe vom Dachboden holten, auf die der Vater ebenfalls nicht verzichtete, weil sie angeblich einige wichtige und wertvolle Dinge enthielt, schauten sie eine Weile verschnaufend zur Dachluke hinaus.

»Du kannst schon bei uns bleiben, solange du noch da bist«, sagte Simon.

»Ich schlafe drüben beim Vater, es sind ja ein paar Zimmer da«, entgegnete Thomas.

»Wie du willst. Bloß, dass du weißt, dass du immer noch bei uns zu Hause bist, auch wenn übergeben ist.«

»Ich dank dir dafür, Simon.«

»Vielleicht hat es dich überrascht, als du gehört hast, dass ich die Barbara heirate?«

»Nun ja, erwartet habe ich es nicht, aber es war immer eine dicke Freundschaft zwischen dem Vater und dem Riedinger. Man konnte damit rechnen. Übrigens ist die Barbara ein tüchtiges, ordentliches und auch hübsches Mädchen. Man kann dir schon dazu gratulieren.«

Simon nickte kaum merklich. Dann seufzte er lautlos auf. »Weißt, Thomas, eigentlich habe ich gedacht und gehofft, dass es anders werden könnte. Aber mit dem Vater ist darüber nicht zu reden, du kennst ihn ja, er ist da noch ganz vom alten Schlag: Zuerst kommt der Hof, der durch die Einheirat noch reicher und größer werden muss. Was das Herz dazu sagt, das zählt nicht. Ich habe halt das Pech, der Erstgeborene zu sein, der den Hof zu übernehmen hat.«

»Wolltest du den Hof denn nicht?«

»Doch, allerdings.«

Schneemassen und deckte alles zu. Über dem Schwarztannsee bildete sich ein spiegelndes Glatteis. Aus dem Kamin des alten Fischerhauses quoll dichter Rauch. Nun brauchte man einen warmen Ofen.

Anna wattierte die Fensterrahmen aus, sie schaufelte einen Weg ums Haus, wenn über Nacht wieder Neuschnee gefallen war. Es war jetzt eine wunderbare Stille. Der Winter erstickte jeden Laut, er deckte alles zu.

So auch im Jakoberhof.

Während die Schneestürme die weißen Türme um das Haus bauten und der klirrende Frost die Fenster vereiste, spielte sich dort ein Drama ab, von dem man noch nicht wusste, welches Ende es nahm. Noch ahnte niemand etwas davon, dass die junge Ehe der beiden Bauersleute bis zur Zerreißprobe angespannt war, denn das Unglück schritt auf leisen Sohlen. Es gab keinen Streit, keinen Krach. Barbara vermied sorgsam jeden Anlass dazu. Sie fraß alles in sich hinein und zeigte nicht, wie sehr sie litt.

Es war tiefer Winter, man kam kaum mehr aus dem Haus, nur noch am Sonntag, wenn die Kirchenglocken vom Dorf her zum Gottesdienst riefen. Dann stiegen Bauer und Bäuerin in den alten Pferdeschlitten, der noch vom Vater im Schuppen stand. Sie hüllten sich in die Decken ein und fuhren durch das tiefverschneite Land dem Dorf zu. Niemand ahnte die Spannung zwischen ihnen, niemand wusste, wie wenig sie sich auf der anscheinend einträchtigen Fahrt zu sagen hatten.

Nicht einmal der Altbauer Jakober erfuhr etwas davon. Er kam an manchem Abend herüber von seiner Hütte, um ein wenig bei den Jungen Gesellschaft zu suchen. Zumeist jedoch traf er Barbara allein in der großen, warmen Stube an. Sie saß einsam da und beschäftigte sich mit Nähen oder irgendeiner kurzweiligen Handarbeit, bis der Zeiger an der Wanduhr so weit vorgerückt war, dass man ins Bett gehen konnte.

»Daran musst du dich gewöhnen, dass du jetzt viel allein bist«, sagte er. »Es war bei mir auch nicht viel

»Warum redest du dann von Pech?«, fragte Thomas.

»Das Pech daran ist, dass man sich in der Wahl seiner Frau den Anforderungen des Vaters zu fügen hat. Es ist da so ähnlich wie bei einer Fürstenhochzeit, wo auch nur auf die Ebenbürtigkeit der Brautleute geschaut wird. Es wird einfach solange geschoben, befohlen und gekuppelt, bis das gewünschte Paar dabei herauskommt.«

»Du willst doch nicht sagen, dass ihr beide verkuppelt worden seid?«

»Oh doch. Und wie!«

Thomas war entsetzt über diese Antwort.

Simon aber lachte. »Wenn man dir ins Gesicht sagt: Entweder hast du die zu heiraten oder vom Hof zu gehen! Was würdest du tun?«

»Ich? Es käm darauf an, ob ich die mögen könnte. Wenn nicht, ginge ich vom Hof.«

»Ja du! Weil du sowieso gehen musst.«

»Auch in deiner Situation hätte ich's getan.«

»Aber ich nicht!«, schrie der Ältere rot vor Zorn.

»Dann sei jetzt wenigstens ein Mann und enttäusche Barbara nicht, wenn sie dir schon vertraut!«, sprach Thomas eindringlich und beruhigend auf Simon ein.

Der warf seinem Bruder einen giftigen Blick zu. »Von dir kann man keine andere Antwort haben. Wir haben uns noch nie verstanden.«

Thomas griff an die Truhe. »Wozu reden wir dann? Fass an!«

»Moment noch! Ich hätte dich gern noch etwas gefragt: Du bist am Abend unseres Hochzeitstages plötzlich verschwunden, ohne etwas zu sagen. Wo warst du denn?«

»Ich hab nur die Anna ins Fischerhaus heimgebracht, damit sie in der Nacht nicht so allein heimgehen muss.«

»Wie ritterlich! Sag doch, dass du sie gern hast!«

»Das leugne ich auch nicht. Hast du vielleicht etwas dagegen?«

»Ja. Ich denke da wie der Vater!«

»So? Du hast dich früher auch nicht darum gekümmert, wie der Vater sich zum Fischerhaus stellt, bis er dir mit dem Hof die Pistole auf die Brust setzte. Ist es nicht so?«

»Heute denke ich anders darüber.«

»Ja, heute denkst du wie ein Schuft! Deiner Frau, dem Vater, der Anna und allen gegenüber!«

»Und du erlaubst dir tatsächlich, mir das ins Gesicht zu sagen?«

»Sollte ich Unrecht sprechen, wird es sich erweisen, und dann nehme ich alles zurück. Du darfst mich sogar ins Gesicht schlagen. Habe ich aber Recht – dann ...«

»Was ist dann?«

»Dann spucke ich dir ins Gesicht, weil ich nicht zulasse, dass du auch nur mit einem Gedanken deine Frau betrügst!«

»He! Was ist mit euch Schnecken?«, ertönte drunten die Stimme des Alten.

»Fass an!«, sagte Thomas. Sie hoben die schwere Truhe auf.

An diesem Abend saß Thomas mit seinem Vater in der Hütte. Eine Haushälterin hatte das Essen vom Hof herübergebracht, das sie zusammen einnahmen. Der Alte tat einen tiefen Seufzer.

»So ist es im Leben: Man spielt eine Weile eine große Rolle und meint, die Welt müsste stehen bleiben, wenn man nicht wäre. Eines Tages ist man im Ruhestand, hat seine Hände in den Schoß zu legen – und die Welt dreht sich weiter um ihre Achse. Es ist gerade recht, dass du noch ein paar Tage hier bist, dann komm ich mir nicht so allein und überflüssig vor. Ich muss mich erst ein bisschen eingewöhnen.«

»Du hattest es ja auch plötzlich eilig mit dem Übergeben, Vater«, erwiderte Thomas.

»Ich weiß, aber ich spüre, dass ich nicht mehr ganz gesund bin.«

»Davon hast du aber nie etwas gesagt.«

»Man spricht eben nicht gern über seine Leiden.«

»So schlimm können deine Leiden gar nicht sein, Vater. Du siehst noch gut aus.«

»Ja, ja, das schon, aber da« – er deutete an seine Brust, auf die Herzgegend – »da sieht man nicht hinein. Die Uhr geht, aber die Feder wird lahm. Und dann war noch etwas anderes: Du kennst ja deinen Bruder! Er ist ein tüchtiger Bauer und ein richtiger Kerl, aber in letzter Zeit hatte er angefangen, flatterhaft zu werden, ich meine, in der Auswahl seiner Frau, du weißt schon, was ich meine. Bevor er mir irgendeine Zigeunerin anschleppt, wird er eben festgenagelt, der Bursch!«

»Wenn er sich bloß festnageln lässt, Vater!«

»Wär nicht schlecht! Er hat heute seinen Hof und eine gute und ordentliche Bäuerin. Jetzt könnte er sich wirklich zusammenreißen.«

»Wir wollen es hoffen, Vater!«

»So, und jetzt erzähl mir von dir! Von dem Hof, wo du im Augenblick arbeitest. Ist vielleicht gar eine Tochter da, an die man sich ein bisschen heranmachen könnte? Ein feiner Bursch wie du! Ein Jakobersohn! Ich ließe mich da nicht lumpen und griffe schon ein wenig tiefer in die Moneten.«

Er deutete lachend auf den Geldschrank.

»Doch, eine Tochter ist da, Vater, und sie wird wahrscheinlich das Gut auch einmal erben.«

»Na also! Da haben wir's ja schon.«

»Bloß müssen wir noch etliche Jahre warten.«

»Warum?«

»Die Tochter ist erst neun Jahre alt!«, lachte Thomas.

Der Alte lachte mit. »Und wie steht es mit der Witwe? Wie alt ist die?«

»Vierzig.«

»Hm – wenn der Hof schön ist ...«

»Zweihundertachtzig Tagwerk Grund und ein schöner Wald dazu.«

»Sakra, da würde sich der Altersunterschied lohnen!«

»Wenn du noch Lust hast, Vater, ich werde gern ein gutes Wort für dich einlegen!«

Nun lachten beide, aber der Alte brachte die beeindruckenden Zahlen nicht mehr aus dem Kopf. Das sah man ihm an.

6

Ein paar Wochen waren seitdem vergangen. Thomas Jakober hatte die Heimat verlassen, um an seinen Arbeitsplatz zurückzukehren. Auf den Wiesen war das Gras herangewachsen, man begann mit dem zweiten Schnitt, und noch einmal gab es harte und lange Arbeitstage. Bei glühender Hitze wurde gemäht, gestreut und gewendet, und gegen Abend zog man mit den schwer beladenen Fudern heim und füllte damit den Heuboden.

Der alte Jakober konnte noch nicht die Hände in den Schoß legen. Es mangelte in diesen Erntetagen an Leuten, seine Arbeitskraft war unentbehrlich auf dem Hof. Und offen gestanden, er konnte sich auch noch nicht davon trennen, und so kam er jeden Morgen von seiner Hütte herüber und stellte sich zur Verfügung.

Simon Jakober arbeitete wie ein Pferd, offenbar lag ihm alles daran, die Erträge auf ihrer Höhe zu halten, so wie er sie vom Vater übernommen hatte, oder gar noch zu verbessern und zu vermehren. Diesen Eindruck hatten zunächst alle, der Alte, die junge Bäuerin und sogar die Mitarbeiter. Es wäre sowohl für den Alten als auch für Barbara ein Grund zur Freude gewesen, und der Alte freute sich auch, aber die Bäuerin vermochte etwas tiefer in seine Seele zu schauen. Sie allein hatte unter seiner Verschlossenheit und Gleichgültigkeit zu leiden, in der er neben ihr herlebte, ohne ihre Gemeinschaft zu suchen. Sie tröstete sich damit, dass bei der strengen Arbeit keine Zeit für zärtliche Aussprachen war. Überhaupt musste sie erst seine Art kennen und verstehen lernen. Sicher war nicht jedes Wort so schroff gemeint, wie er es hinwarf.

Am Sonntag fuhren sie zusammen zur Dorfkirche und danach kehrten sie noch kurz beim Riedinger ein. Es wurden bäuerliche Anliegen und Fragen erörtert, Ratschläge erteilt und die Marktlage besprochen. So weit war alles in Ordnung. Das junge Paar kutschierte wieder heimwärts zum Jakoberhof, und der alte Riedinger schaute dem Gefährt zufrieden nach.

»Man muss schauen, dass Simon in den Gemeinderat kommt«, sagte er zu seinem Sohn. »Er ist ein tüchtiger Bauer, und überhaupt hat er recht vernünftige Ansichten.«

Aber kaum war das Mittagessen vorbei, schlüpfte Simon Jakober in seine Sonntagsjacke und setzte den schneidigen, mit einem hängenden Gamsbart gezierten Hut auf. Er verließ das Haus, ohne zu sagen, wohin er ging, ohne sich zu kümmern, wie seine Frau allein den Sonntagnachmittag herumbrachte.

Dann und wann kam der alte Jakober von der Hütte herüber und leistete der jungen Bäuerin ein wenig Gesellschaft.

»Bist du denn schon wieder allein?«, bedauerte er.

»Ja, der Simon ist nach dem Essen weggegangen.«

»Wo rennt er bloß immer hin?«

»Das weiß ich nicht.«

»Dann musst du ihn eben fragen! Wo kommen wir denn da hin, wenn einer seine junge Frau allein daheim sitzen lässt? Es gehört sich einfach nicht. Pass auf, ich werd ihn einmal in die Mangel nehmen!«

»Tu's nicht, Altbauer!«, bat sie. »Wer weiß, wie er es auffasst. Vielleicht meint er gar, ich hätte mich bei dir über ihn beklagt.«

»Hm, wie bist du sonst mit ihm zufrieden?«

»Es wird schon noch alles werden.«

Der Alte warf ihr einen forschenden Blick zu. »Mögen tut ihr euch doch wohl?«

»O ja, ich mag ihn schon, sonst hätte ich ihn ja nicht geheiratet.«

»Und er? Eine solche Art gefällt mir nicht. Man könnte meinen, er wäre ein Frauenfeind!«

»Nein, das ist er gewiss nicht.«

Manchmal kam Simon am Abend bis zum Essen heim, ab und zu aber verspätete er sich, und dann wurde es Mitternacht und noch später, bis er die Stiege heraufpolterte. Dann war er gewöhnlich betrunken und sofort dazu aufgelegt, eine laute Szene zu machen, weshalb sie lieber schwieg.

Es ließ also alles noch sehr zu wünschen übrig, noch war keine Harmonie im Zusammenleben der jungen Bauersleute. Aber es geschah die Arbeit, die Wirtschaft erlitt keine Einbuße. Außerdem lag der Jakoberhof weit abseits auf dem Öschberg und war daher nicht im Blickfeld der Dorfbewohner. Barbara wollte die weitere Entwicklung abwarten und machte unterdessen alles mit sich selbst ab. Nur vor den Angestellten hatte sie ein wenig Angst, sie mussten ja längst davon Wind bekommen haben, dass es unter den jungen Bauersleuten in der Ehe nicht so richtig stimmte. So zwang sie sich zu einem fröhlichen Gesicht und spielte Theater.

Sorgen gab es auch im Fischerhaus vom Schwarztannsee, das heißt: Sorgen machte sich eigentlich nur Anna. Der alte Janiser, dem bis heute noch keine Stunde etwas gefehlt hatte, ließ plötzlich die Ohren hängen. Er war ein paar Tage fort gewesen, angeblich, um eine notarielle Angelegenheit in Ordnung zu bringen, und kam mit fieberndem Körper und rasselndem Atem heim. Er war auf dem Weg in ein Unwetter geraten, war bis auf die Haut nass geworden und hatte sich schwer erkältet.

Über eine Woche lag er im Bett, und Anna pflegte ihn Tag und Nacht. Sie ließ sogar einen Arzt kommen, der ihm ein paar Spritzen zur Stärkung gab und strenge Anweisungen erließ. Vor allem sollte er den Fischfang im Schwarztannsee einstellen, dazu sei er mittlerweile einfach zu alt.

Wenn auch der Alte dazu nur lächelte, als wollte er sagen, was versteht denn der Doktor davon, so machte Anna sich doch schwere Sorgen. Sie sah selbst, dass der Großvater sich von Jahr zu Jahr schwerer tat und dass es einmal ein Ende hatte mit der gewiss nicht leichten Arbeit auf dem Wasser. Aber was sollte geschehen?

Der alte Janiser raffte sich noch einmal auf. Aber er war hagerer geworden und sah schlecht aus.

»Schonung! Immer nur Schonung!«, warnte der Arzt. »Eine zweite Lungenentzündung können wir in diesem Alter nicht mehr packen, Janiser.« Der Alte lächelte nur. Aber Anna nahm die Warnung des Arztes ernst.

»Jetzt sind wir soweit, Großvater, und wir müssen halt schauen ...«

Sie brach ab, weil sie nicht wusste, wie diese Klippe zu überwinden war.

»Was willst du schauen?«, fragte er.

»Wir sollten das Haus und das Fischereirecht verkaufen, Großvater!«

»Und dann?«

Sie nahm ihren Kopf in die Hände und dachte nach. »Ich schaue mich irgendwo nach einer passenden Arbeit um«, begann sie.

»Dann kannst du gleich hier bleiben und die Fischerei weiterführen«, erwiderte er. »Hier haben wir unsere Wohnung, du bist hier daheim. Warum verkaufen? Rechne doch aus, was wir für das alte Haus noch bekommen werden. Und wer interessiert sich für die Fischerei? Niemand!«

»Vielleicht der Jakober?«

»Der? Ihm wird doch reichen, was er hat.«

»Wir müssen von hier fort, Großvater!«

»Nein.«

»Wovon wollen wir leben, wenn du nicht mehr arbeiten kannst?«

»Dann wirfst du eben das Netz aus, ob du etwas fängst oder nicht, wir leben trotzdem.«

Das verstand sie nicht, überhaupt kam es ihr vor, als redete der Großvater seit seiner Krankheit wie ein Irrer. Sie ließ nicht ab von ihrem Vorschlag, das Haus und alles zu verkaufen, damit sie irgendwo vielleicht in einer Fabrik Arbeit nehmen könnte, wovon sie sich beide ernähren konnten. Die Hauptsache war ihr, dass nur der Großvater noch lange leben würde. Sie hatte ja sonst niemanden auf der Welt.

Aber er lächelte nur. »Du hast noch lange nicht das letzte Geheimnis des alten Fischerhauses vom Schwarztannsee ergründet, Mädchen«, sagte er. »Und so lange bleiben wir da. Ich weiß nicht, ob ich es noch erlebe – bis heut hab ich gemeint, der Tod sei nur für die anderen da, aber jetzt hab ich gesehen, wie schnell er einen beim Kragen packt. Aber es kommt für dich noch einmal der Tag, an dem du dich freust, als Fischermädchen vom Schwarztannsee geboren zu sein. Nein, nein, du brauchst keine Netze auszuwerfen, ich habe es auch nur getan, um eine Beschäftigung zu haben. Die Beschäftigung hält einen gesund, besonders alte Menschen, die immer viel und schwer gearbeitet haben. Was meinst du, wie froh die armen Fische sind, wenn man ihnen eine Zeitlang ihren Frieden lässt!«

»Was redest du da, Großvater? Du tust, als hätten wir den Fischfang gar nicht nötig!«

»Nein, wir haben ihn nicht nötig. Das ist das erste Geheimnis, hinter das du nun gekommen bist.«

»Du redest Unsinn, Großvater!«

»Nein, ich weiß schon, was ich sage. Ich hätte es dir längst schon sagen können, aber dann hättest du mir das Fischen verboten. Und es hat mir Spaß gemacht, schon deshalb, weil mein Sohn, dein Vater, dasselbe getan hat.«

Er lachte über ihr verdutztes Gesicht, aber rasch wurde er wieder ernst.

»Es waren schöne und glückliche Jahre, die wir beide hier beisammen waren. Schau, ich habe ja auch niemanden mehr als dich. Und wenn ich eines Tages gehen muss, dann sollst du einen Mann haben, damit ich dich nicht allein lassen muss. Aber einen richtigen Mann, der dich von Herzen liebt, nicht einen wie diesen Jakober, der bloß auf Besitz und Gut aus ist, einen Mann, der sogar zufrieden wäre mit einem alten Haus am See. Schau, das ist Liebe. So lange, bitte ich den Herrgott, möge er mich noch am Leben lassen.«

Über seine eingefallene Wange rollte jetzt eine Träne.

Sie eilte auf ihn zu und schlang die Arme um ihn. »O mein Großvater!«

Er erhob sich und ging zu seiner Jacke, die am Türnagel hin, und entnahm ihr eine lederne Brieftasche. Daraus fingerte er ein paar größere Geldscheine heraus und reichte sie dem erstaunten Mädchen. »Hier hast du Geld, wir werden es auch ohne Fischfang bekommen.«

Sie schaute ganz bestürzt auf die Banknoten. »Großvater! Wo hast du das Geld her?«, rief sie.

Er lächelte wieder. »Das ist wieder so ein Geheimnis vom alten Fischerhaus, das ich dir verraten muss: Alle alten Leute, die ihr ganzes Leben lang schwer gearbeitet haben, bekommen eine Rente. Weißt du das noch nicht?«

Jetzt ging ihr ein Licht auf, und auf ihr Gesicht fiel es wie ein Sonnenschein. »O Großvater! Was bist du doch für ein wunderbarer Zauberer!« Und abermals warf sie ihre Arme um den alten Mann.

Bald wurde es im Dorf bekannt, dass der alte Janiser schwer krank war und sich nur langsam von einer Lungenentzündung erholte. Es ging das Gerücht um, dass er wohl kaum mehr den Kahn über den See rudern und die schweren Netze einholen konnte. Wer in der Nähe vorbeikam, konnte sehen, dass der große Kahn zu allen Zeiten festgepflockt war und die Netze ungebraucht unter dem Vordach hingen.

Eines Tages aber ging der alte Jakober den Weg zum Fischerhaus und platzte in das Stübchen, in dem Anna ihrem Großvater eben eine Zeitung ausbreitete, die sie vom Dorf mitgebracht hatte. Als sie den Altbauern erkannte, erschrak sie so sehr, dass ihr einen Augenblick das Herz stillzustehen drohte.

Jakober, der sein Wahrzeichen, den schwarzen, breitrandigen Hut, auf dem Kopf trug, knurrte einen kurzen Gruß und ließ seinen Blick durch das einfache Stübchen streifen.

»Du musst dich doch verirrt haben, Jakober!«, sagte der alte Janiser mit unbeweglichem Gesicht.

Der bewegte verneinend den Kopf. »Ich hab gehört, dass du krank bist, Janiser.«

»Ja, ich war krank, aber Unkraut verdirbt nicht. Es geht schon wieder. Mich wundert nur, dass ausgerechnet du der Einzige bist, der mich besucht.«

Jakober warf einen Blick auf das Mädchen, der sagen sollte: ›Was tust denn du da? Geh und lass uns allein!‹ Aber Anna blieb, wo sie war. Sie wich seinem Blick aus, ging zum Fenster und brach an einer Grünpflanze ein paar dürre Blätter ab, die sie in ihrer Erregung in der Hand zerknüllte.

»Ich wollte dich bloß etwas fragen«, sagte Jakober mit seiner unangenehm lauten Stimme. Es kümmerte ihn nicht, dass ihm kein Platz zum Sitzen angeboten wurde. Er hatte das auch nicht erwartet.

»Und?«, fragte der alte Fischer.

»Ich sehe, dass du die Fischerei eingestellt hast.«

»Ich musste sie einstellen, Jakober.«

»Was soll nun daraus werden?«

»Vorläufig gar nichts. Warum?«

»Falls du das Fischerrecht verkaufen solltest, ich wäre daran interessiert. Der See grenzt an unsere Liegenschaften an, weißt es ja selber.«

»Davon ist keine Rede, dass das Fischereirecht verkauft werden soll. Übrigens kann ich es gar nicht verkaufen.«

»Warum nicht?«

»Weil es mir nicht gehört.«

»Wem sonst?«, fragte Simon und sah ihn verächtlich an.

Der alte Fischer deutete auf seine Enkelin. »Die Besitzerin ist sie!«

Jakober warf seinen Kopf unwillig nach dem Mädchen herum. Ihr Gesicht leuchtete vor Blässe. »Der Großvater war mein Vormund und ist es noch«, sagte Anna mit verhaltener Stimme.

»Und ich verkaufe nichts«, sekundierte der alte Janiser.

Die Augen des Bauern wurden schmaler. »Wovon wollt ihr denn leben?«

»Der liebe Gott lässt uns nicht im Stich.«

»Musst ja gut befreundet sein mit ihm!«, spottete der Bauer.

»Ich hoffe es, Jakober.«

»Dann ist also nichts zu machen?«

»Nein. Wir rechnen damit, dass sich halt doch noch einmal ein junger Fischer einstellen wird.«

»Ach so!« Jakober brach in ein lautes Gelächter aus und wandte sich nach dem Mädchen um. »Bloß darfst dich nicht mehr so verrechnen und dich an einen großen Bauernsohn heranmachen!«

Janiser furchte die Stirn. »Bevor du ausfällig wirst, kehre vor deiner eigenen Tür, Jakober, und merk dir, dass Anna nicht deinem Sohn nachgelaufen ist, sondern er ihr!«

»Lüg mich nicht an!«, schrie der Bauer.

»Er hat ihr sogar's Heiraten versprochen!«

»Schmarren!«

»Solltest du noch mehr darüber wissen wollen, frag ihn selber. Und jetzt ist es mir lieber, wenn du gehst. Solltest du jedoch vergessen haben, was du meinem Sohn angetan hast, dem du nicht einmal die Luft zum Atmen gegönnt hast, ich hab es nicht vergessen!«

»Du? Was willst denn du davon wissen, Bettelmann!«

Damit konnte er den alten Janiser nicht beleidigen, denn er antwortete nur mit vergnügtem Lachen.

Jakober schnaubte wütend: »Da habt ihr euch verspekuliert! Freilich, das hätt euch so gepasst, euch in meinen Hof einzuschwindeln, euch breit zu machen darin!«

»Aber Anna hätt dir den See als Heiratsgut eingebracht, dann brauchtest du ihn heut nicht zu kaufen, du habgieriger Bauernkragen! Für dich ist auch noch kein Baum in den Himmel gewachsen, und wenn du büßen musst, was du anderen Menschen schon angetan hast, möchte ich nicht in deiner Haut stecken mitsamt deinem Geldsack!«

»Großvater!«, rief Anna erschrocken. Sie fürchtete, dass er sich aufregte.

»Ich rege mich nicht auf, Mädchen«, beruhigte er sie. »Ich muss dem bloß sagen, was sich andere nicht zu sagen trauen ...«

Sie schauten beide auf, denn mit lautem Knall flog die Tür zu. Am Fenster draußen huschte der breite Schatten des Jakoberbauern vorbei.

7

Es kam der Herbst. In den Wäldern rauchten die Feuer der Holzfäller, auf den Wiesen weideten die Kühe, denn auch das Almvieh war vom Berg heimgekehrt.

»Unsere Holzlege ist fast leer, Großvater«, jammerte Anna. »Wie bald kommt der Winter, und wir wissen nicht, womit wir den Ofen heizen sollen.«

»Alles zu seiner Zeit«, sagte der Alte. »Der alte Noah hat auch erst dann seine Arche gebaut, als die Sintflut kam«, setzte er scherzend hinzu.

Sie vertraute ihm, bisher hatte er noch immer gut für sie beide gesorgt. Vor allem freute sie sich, dass er sich wieder so gut erholt hatte. Manchmal ruderte er sogar wieder über den See, aber dass er die schweren Netze auswarf, das ließ sie nicht zu, obwohl er es gern versucht hätte.

»Weißt du schon das Neueste?«, fragte sie ihn eines Tages, als sie gerade im Dorf ihre Besorgungen gemacht hatte. »Simon Jakober ist in den Gemeinderat gewählt worden.«

»Kunststück, wenn zwei so wuchtige Gestalten wie sein Vater und der Riedinger ihn schieben! Es ist immer so: Geld regiert die Welt.«

Wenige Tage später schon wurden am Fischerhaus vom Schwarztannsee ein paar große Fuhren Brennholz angefahren. Anna hatte einen vollen Tag damit zu tun, es in die Holzlege zu schichten.

»Das hast du wieder großartig herbeigezaubert, Großvater!«, lachte sie glücklich. Er schmunzelte nur.

Jetzt rauschten schon die Herbststürme durch die Bäume, rissen das welke Laub ab und warfen es knisternd vor sich her. Dann kam der Winter mit seinen

anders, als ich noch im Gemeinderat war. Einmal ist eine Sitzung, ein anderes Mal gibt es sonst etwas zu tun, man hat eben Verpflichtungen.«

»Mein Vater war immer, solange ich denken kann, beim Gemeinderat, aber davon ist mir nichts bekannt, dass er fast jeden Abend aus dem Haus gehen musste«, entgegnete sie, ohne von ihrer Arbeit aufzuschauen.

»Früher waren eben noch ruhigere Zeiten, da konnte man noch etwas überschlafen. Heute eilt und drängt alles. Trotzdem solltest du stolz und glücklich sein über das Vertrauen, das man deinem Mann entgegenbringt. Es gibt manchen Gemeinderat, der das ganze Jahr nichts zu tun hat. Du siehst aber, dass Simon eine recht große Rolle spielt. Macht dich das nicht glücklich?«

»Es ist ein zweifelhaftes Glück, Schwiegervater, wenn man Abend für Abend allein herumsitzen muss und nicht einmal weiß, wo der Mann sich aufhält.«

»In der Ratsstube oder beim Bürgermeister.«

»Oder im Wirtshaus!«, warf sie hin.

»Freilich, das auch«, gab er zu. »Dort werden die Beratungen oft weitergeführt und Probleme besprochen, mit denen man auf der Sitzung nicht fertig geworden ist. Das war schon früher so.«

Sie sagte nichts mehr. Er beobachtete ihr Gesicht.

»Sonst ist wohl alles gut?«, fragte er nach einer Weile.

»Was meinst du damit?«

»Nur so – wie ihr euch versteht, beim Wirtschaften, im Planen, im Rechnen – und auch sonst, was so zwischen Mann und Frau ist.«

»Was gibt es da zu sagen?«, wich sie ihm aus.

Er ließ ein grunzendes Lachen hören. »Nun ja, es mag wohl sein, dass die jungen Leute von heute anders denken als wir alten damals. Unsere größte Freude war halt, wenn uns die Bäuerin nach einiger Zeit zugeflüstert hat, dass über das Dach der Storch geflogen ist, wie man so zu sagen pflegt. Nein, nein, ich will euch da nichts einreden, Barbara! Etwas, das gut werden soll, braucht seine

Zeit! Ich mein bloß, wenn die Liebe richtig ist, bleiben die Kinder nicht aus.«

Sie nickte nur, ohne von ihrer Arbeit aufzuschauen. Sein Blick suchte forschend ihr Gesicht, aber sie hielt es zu tief, um es genau beobachten zu können. Trotzdem glaubte er, dass es alles andere als fröhlich war.

»Schau mich an, Barbara!«, forderte er sie forschend auf.

Sie hob den Kopf und schaute ihn an. »Was ist?«

»Verschweigst du mir etwas?«

Sie verneinte stumm. »Was meinst du damit?«

»Wenn es in der Ehe nicht stimmt, brennt das Haus von innen aus.«

»Wieso meinst du, dass etwas nicht stimmt?«

»Du bist in letzter Zeit so still, so ernst!«

»Das macht vielleicht der Winter, man kann ja kaum mehr vor die Tür gehen.«

Er glaubte ihr nicht, denn sie war ja an die Bergwinter gewöhnt, ob sie nun hier im Jakoberhof oder daheim im Dorf lebte.

»Ich weiß schon, man muss sich am Anfang meistens zusammenraufen, dafür hält dann später die Naht besser.«

Aber er machte sich dann doch Gedanken, als er in seine Hütte zurückgekehrt war und schlaflos in seinem Bett lag. Es gefiel ihm selbst nicht, dass der Simon so häufig am Abend weglief. So wichtig konnte es alles gar nicht sein. Sollte am Ende doch kein Glück im Haus sein?

Barbara war doch eine ordentliche, junge Frau! Freilich, die beiden waren verkuppelt worden, und auf beiden Seiten war zur schnellen Hochzeit gedrängt worden ...

»Aber wart nur, Kerl, wenn du mir diese Frau kaltstellen solltest!«, knurrte er grimmig. Oder sah es nicht aus, als wollte er vor ihr fliehen? Wohin denn? Ins Wirtshaus? Fing er auch noch an zu saufen? Er nahm sich vor, besser auf seinen Sohn zu achten.

›Oder steckt gar noch diese Janiser Anna dahinter?‹, fragte er sich plötzlich. Deshalb wollte er ja das ganze

Gelumpe aufkaufen, nur um diese Leute von hier fortzubringen. Aber sie wollten nicht, und der alte Janiser konnte nicht krepieren. Aber da, wenn er, Jakober, dahinter kam! Er stieß einen harten Fluch unter der Decke hervor.

Der Winter dauerte lange, aber er ging vorbei. Im Gebirge donnerten die Lawinen. Im föhnigen Wind schüttelten die Wälder und die Bäume vor dem Haus die Schneelast ab. Tag und Nacht gluckste das Wasser, das vom Dach rann. Die Wildbäche schäumten, in den Niederungen entstanden kleine Seen.

Als sich die Erde von der Schneedecke befreit hatte, spross in der warmen Frühlingssonne schon bald das neue Grün. Auf den Wiesen blühte der Krokus, an den Südhängen der Enzian. Nur von der Höhe der Schreckhornwände schimmerte es noch weiß herab.

Auch der Schwarztannsee war wieder erwacht. Der alte Janiser saß an sonnigen Tagen auf der kleinen Hausbank und schaute über den See hin. Er konnte sogar wieder seine Pfeife rauchen, die ihm lange nicht mehr geschmeckt hatte.

Anna konnte es nicht lassen, hin und wieder mit ihrem kleinen Boot über das Wasser zu rudern. Sie kam dabei oft bis zum anderen Ufer, wo der Weg zu den Schreckhornwänden anstieg. Ein paar Mal schon hatte sie früher versucht, zu den gewaltigen Felsgiganten aufzusteigen. Sie war immer nur bis zu jener Stelle gekommen, wo sich jenseits ein fremdes Tal auftat, mit schmucken Dörfern, grünen Fluren und fernen Einsiedlerhöfen.

Aber sie war immer allein gewesen und wollte sich nicht weiter von daheim fortwagen.

Einmal hatte sie den Jakober Thomas getroffen, der sonnenverbrannt von den Felsregionen heruntergekommen war. Er stieg viel im heimatlichen Gebirge herum.

Er war darin ganz anders als sein Bruder Simon, der zu Anna einmal gesagt hatte, dass er die Berge von unten schöner fände. Und sie hätte sich damals so gefreut, wenn er mit ihr einmal eine Hochtour gemacht hätte! Sie hatte es nicht gewagt, seinen Bruder darum zu bitten. Thomas war ein ausgesprochener Einzelgänger gewesen. Er hätte sie wohl ausgelacht wegen ihres törichten Wunsches.

Nun ja, heute hatte sie andere Sorgen. Aber sie freute sich über die neu erwachte Natur. Wie lange würde sie noch zu den Schreckhornwänden hinaufschauen können? Solange eben der Großvater lebte ... Dann würde sie das Haus am Schwarztannsee verlassen und sich nach einer neuen Heimat umsehen müssen, um Arbeit und Verdienst. An diesem Tag würde eine kleine geliebte Welt für sie untergehen.

Noch war es nicht so weit, noch durfte sie sich an all der Schönheit erfreuen – solange der Großvater auf dem Bänkchen vor dem Haus saß und sein Pfeifchen rauchte. Sie durfte sich auf den Sommer freuen, auf das Baden und Schwimmen im See. Auch dazu war sie immer allein gewesen. Nur der Großvater stand gewöhnlich auf dem Steg, schaute ihr zu und rief sie zurück, wenn sie ihm gar zu weit hinausschwamm.

Bei diesen Gedanken schlug sie die Ruder ins Wasser, dass es hoch aufspritzte. Eigentlich war sie ein glückliches Geschöpf, seitdem das Gefühl in ihrem Herzen, das ständig zwischen Hoffnung und Furcht geschwebt hatte, zum Schweigen gekommen war. Wie hatte sie auch nur einen Augenblick daran denken können, Simon Jakober könnte einmal ihr Mann werden! Da hätte sie ja seine Bäuerin werden müssen!

Und der alte Jakober? Hatte sie gehofft, er könnte zuvor sterben?

Ja, so dumm und naiv war sie gewesen. Heute konnte sie darüber lachen.

Abend für Abend, solange es noch hell war, ging Anna zur Feldkapelle, um für ihre toten Eltern eine Kerze anzuzünden. Der alte Janiser ließ sie einfach das machen, was sie wollte. Er redete ihr da nicht drein. Warum sollte sie nicht an ihre toten Eltern denken?

Es war so still in der Kapelle, dass man sogar das Raunen in den Bäumen hörte, wenn ein leichter Abendwind durch das Geäst strich. Wenn dann die Dämmerung so weit vorangeschritten war, dass der Lichtschein der Kerze hell über die bemalten Wände geisterte und die metallenen Kerzenständer am Altar aufblinken ließ, löschte sie ihr Licht, schlug das Kreuz und ging. Flink lief sie unter den Bäumen der Straße zu, die draußen vorbeiführte, ohne zu wissen, wovor sie sich fürchtete.

Einmal jedoch wusste sie es. Vielleicht lag etwas in ihrem Unterbewusstsein, wovon sie immer noch beunruhigt wurde, obwohl der klare Verstand dagegen sprach. Es waren nur ein paar unsinnige Gedanken, die diese Furcht in ihr weckten, und die sie nie ganz loswurde.

Es waren nun ein Herbst und ein Winter vergangen, seitdem Simon Jakober mit Barbara seine Hochzeit gefeiert hatte. Heute war er der junge Hofbauer und man hatte ihn in den Gemeinderat berufen. Sein Ansehen im Dorf war im Steigen. Sie hatte ihn nie mehr gesehen und konnte sich wohl denken, dass alles in das beste Geleise gekommen war.

An einem dieser Abende stand also plötzlich Simon Jakober vor ihr, den Hut schief ins Gesicht gerückt, unter dem seine Augen flackernd hervorschauten.

»Servus, Anna!« Seine Stimme klang verhalten, fast erregt.

Sie starrte ihn erschrocken an und vermochte seinen Gruß nur stumm nickend zu erwidern.

»Ich weiß schon, dass du noch jeden Abend zur Kapelle gehst.«

»Ich werde es tun, solange ich hier bin.«

Er hob den Blick. »Gehst du denn fort?«

»Ewig kann ich hier nicht bleiben.«

Er nickte. »Ich weiß, dein Großvater hat die Fischerei eingestellt.«

»Er ist zu alt dafür. Aber für den Fall, dass du auch wie dein Vater darauf reflektieren solltest, der Großvater ist nicht für einen Verkauf.«

Er zeigte sich überrascht. »Warum? Hat sich mein Vater vielleicht schon dafür interessiert?«

Sie nickte.

»Davon weiß ich noch gar nichts. Was will er denn damit?«

»Da musst du ihn selbst fragen.« Sie wandte sich zum Gehen.

»Bitte, lauf jetzt nicht wieder davon!«, bat er.

»Was hätte es für einen Sinn, wenn wir hier so zusammen stehen?«

»Ich weiß schon, du bist mir bös, Anna. Du hältst mich für einen Schurken, vielleicht bin ich ja sogar einer.«

»Lass mich vorbei, Simon! Es gehört sich nicht! Außerdem hat es keinen Zweck!«

»Ich muss dich sehen, mit dir sprechen!«, stieß er leidenschaftlich hervor.

»Darauf wirst du verzichten müssen, wenn du dich und auch mich nicht in ein übles Gerede bringen willst«, erwiderte sie kühl. »Wenn du schon auf mich keine Rücksicht nimmst, so denke wenigstens an dich! Du bist heut Hofbauer, Gemeinderat ...«

»Glaub mir, ich habe den Tag schon verflucht, an dem ich meinem Vater zum Riedinger folgte!«, stieß er leidenschaftlich hervor.

»Du denkst nur an dich!«

»Und an dich!«

»Denk an Barbara, an deine Frau! Sie hätte etwas anderes verdient, als von dir betrogen zu werden!«

»Betrogen?«, brauste er auf. »Wo hätte ich sie betrogen? Es geht ihr nichts ab! Sie wollte Bäuerin im Jakoberhof sein, und das ist sie ja auch geworden.«

»In dem Augenblick, wo du versuchst, mir nachzulaufen, hast du sie bereits betrogen!«

»Versuchen? Ich tu es wirklich! Ich kann nicht ohne dich sein, Anna!«

»Pfui Teufel, wenn du keinen besseren Charakter hast!«

»Ich glaub es nicht, dass du mich nicht mehr liebst!«, rief er schnaubend.

»Nein, ich liebe dich nicht mehr, ich weiß nicht einmal, ob ich dich überhaupt einmal geliebt habe. Aber das weiß ich, dass ich dich jetzt verachte, wenn du mir als verheirateter Mann noch weiterhin nachstellst!«

Sie wollte weitergehen, aber er packte sie grob am Arm und riss sie zurück.

»Du lügst!«

Sie versuchte, sich aus seinem Griff zu befreien, aber es gelang ihr nicht. »Willst du, dass ich um Hilfe rufe?«

»Tu's doch! Das ist mir egal! Was hab ich denn verbrochen? Bin ich ein Räuber? Ein Mörder?«

»Du bist ein Schuft!«, rief sie. »Lass mich los, oder ich schreie!«

»Schrei zu! Mich kann das nicht schrecken! Man hat mich vor die Wahl gestellt zwischen dir und dem Hof! Man hat mich zur Heirat gezwungen! Und es ist alles so ohne Überlegung geschehen, ganz eilig und schnell, ehe ich zum Denken kam. Heut weiß ich, dass ich den Hof meinem Bruder hätte überlassen müssen! Du musst zu mir halten, Anna! Du musst mir deine Liebe bewahren! Du musst mich verstehen und mir helfen!«

»Ich verbiete dir, mich noch weiter zu belästigen, ich wäre sonst gezwungen, Barbara die volle Wahrheit zu sagen!«

»Tu's doch! Vielleicht sieht sie dann ein, was bei dieser Kuppelei, an der sie nicht ganz unschuldig ist, herausgekommen ist!«

»Bist du denn wahnsinnig?«

»Ja, ich bin wahnsinnig, wenn ich an dich denke, und ich denke Tag und Nacht an dich!«

»Dann schäme dich!«

»Tu doch nicht so, du bist auch keine Heilige! Und wenn man deiner Mutter nachgehen könnte, käme vielleicht auch kein schneeweißes Blatt hervor!«

Sie war entsetzt. »Du bist gemein!«, schrie sie und spuckte ihm ins Gesicht.

Da stieß er sie von sich, dass sie beinahe zu Fall kam. »Geh doch! Schrei es herum im Dorf: Der junge Jakoberbauer stellt dir nach! Man wird dir ins Gesicht lachen und den Spieß umdrehen! Wer bist du denn schon – du Fischermädchen, du ...«

Er war wirklich wahnsinnig.

Anna rannte der Straße zu, lief wie von Furien verfolgt zur Seeniederung hinab. Der Atem wollte ihr versagen vor Furcht, vor Entsetzen und vor Verzweiflung.

Sie erreichte das Haus, aber ehe sie eintrat, musste sie erst zu Atem kommen und ihre Fassung finden. Sie schaute über den dunklen See hin und wurde von einem Schluchzen geschüttelt. Hinter ihr fiel das Licht aus dem Stubenfenster.

›Fort!‹, dachte sie nur noch. ›Fort von diesem schrecklichen Ort!‹ Sie musste den Großvater dazu bringen, dass er sie gehen ließ, irgendwohin, wo es für sie Arbeit, Ruhe und Frieden gab. Er musste einsehen, dass sie hier nicht bleiben konnten, und wenn sie es ihm sagen musste, was geschehen war. Aber sie wagte es dann doch nicht, den alten Mann aufzuregen.

Sie konnte nicht einmal mit der Barbara darüber reden, weil sie wusste, dass es ein schreckliches Unglück geben würde. Und das erste Mal dachte sie in ihrer Not an Thomas Jakober. Ihm könnte sie vertrauen, und sie bedauerte, dass er nicht da war.

8

Die Bauern hatten nun wieder vielerlei Arbeiten draußen auf den Fluren zu verrichten, die Wiesen mussten gedüngt, die Kartoffel- und Rübenfelder bestellt werden. An den Zäunen hatte es Winterschäden gegeben, die jetzt ausgebessert wurden. Droben auf den hoch gelegenen Almweiden lagen Gestein und Unrat von den winterlichen Unwettern, sie mussten mühevoll abgeräumt werden.

Man hatte also alle Hände voll zu tun, während das neue Wachstum der Erde ansetzte und das Tal grünte. Unter Regen und Sonnenschein schmolzen die Schnee- und Lawinenreste in den Bergen dahin, die felsgepanzerten Schreckhornwände zeigten sich wieder in ihrer ganzen Wildheit und überwältigenden Öde.

Es war eine beeindruckende Kulisse, das die beiden Leute vom alten Fischerhaus immer wieder vor Augen hatten, bald im Glanz der Sonne, die langsam höher stieg, bald in der Bedrohung düsterer Schatten, wenn die schweren, schwarzen Wolken darüber standen.

Und Trotz erwachte im Herzen Annas. Sie trotzte ihrem eigenen Wunsch, ihre Heimat verlassen zu wollen, als hätte sie kein Recht mehr, hier zu leben. Sie sah nicht ein, warum sie jenseits der steinernen gewaltigen Hochfläche ziehen und flüchten sollte, nur weil sie dem jungen und auch dem alten Bauern vom Jakoberhof zu einem Dorn im Auge geworden war. Sie hatte sich nichts zuschulden kommen lassen und würde an ihrem alten Großvater ein Verbrechen begehen, wenn sie ihn allein ließe oder gar mit sich fortlockte in eine fremde Welt. Deshalb schwieg sie.

Um nicht noch einmal in die Gefahr einer Begegnung mit Simon Jakober zu kommen und um seinen heimlichen Nachstellungen aus dem Weg zu gehen, stellte sie ihre Besuche in der Kapelle ein oder verlegte sie auf eine Stunde, in der kein Zusammentreffen zu befürchten war.

Sie hörte nichts mehr vom Jakoberhof und wollte auch nichts mehr davon wissen. Und wenn sie ins Dorf ging, sei es zum sonntäglichen Kirchgang oder um ihre Besorgungen zu machen, wählte sie Wege, auf denen niemand sie finden und vermuten würde. So gingen die Wochen dahin, ohne dass es zu neuen Zusammenstößen kam.

An den Hauszäunen blühte der Holunder, der Sommer nahm seinen Anfang. Das Almvieh zog hinauf zur Bergweide. In den stillen, lauschigen Nächten konnte man das Geläute bis von fernen Höhen herab hören. Die Luft trug den Duft der blühenden Wiesen bis an die Häuser heran.

Barbara, die junge Jakoberbäuerin, stand am geöffneten Fenster der Stube und schaute durch die Nacht zur dunklen Hütte hinüber, die durch den breiten Hofraum von dem Anwesen getrennt war und etwas versteckt hinter ein paar alten Kirschbäumen lag.

Der Zeiger der Uhr rückte der Mitternachtsstunde zu, trotzdem blieb sie noch auf, um auf ihren Mann zu warten, der noch wie jeden Abend außer Haus war. Sie hatte sich dazu entschlossen, heute eine Aussprache mit ihm herbeizuführen, und sollte sie dazu noch eine oder zwei Stunden warten müssen, bis er heimkam.

Sie glaubte, dieses Leben nicht mehr länger ertragen zu können. Noch wusste niemand, zu welcher Spannung es zwischen dem Ehepaar gekommen war. Barbara hatte es fertig gebracht, zum bösen Spiel eine gute Miene zu machen, vor allem den Angestellten gegenüber. Nur der alte Jakober schien zu ahnen, dass auf dem Hof nicht alles so war, wie es sein sollte. Das merkte man seinen Blicken an, die er öfters fragend auf sie richtete.

Sie musste heute das Übel anfassen und ihrem Mann sagen, dass es nicht so weitergehen konnte, wenn sie nicht ihre ganze Freude am Leben verlieren sollte. Sie war nicht als eine Haushälterin auf den Jakoberhof gekommen, sondern als Bäuerin, als Frau des Bauern, dem sie in Liebe und Vertrauen in die Ehe gefolgt war.

Wenn seine Liebesbeteuerung eine Lüge gewesen war, wollte sie es wissen.

Die Wanduhr schlug die zwölfte Stunde. Sie fand es untragbar, dass er die ganzen Nächte so spät heimkam, dann in sein Bett kroch, ohne ein Wort zu sagen. Sie musste froh sein, wenn er am folgenden Morgen wenigstens eine kleine Andeutung machte, wo er gewesen war. In letzter Zeit tat er auch das nicht mehr und überging ihre fragenden Blicke.

Als sie Schritte aus der Nacht hörte, schloss sie das Fenster und trat zurück. Ihr Herz schlug wild vor Aufregung, denn jetzt ging draußen die Tür, und seine schweren Schritte hämmerten auf den Dielenbrettern.

Dann stand er vor ihr. Unter dem Hut fielen ein paar Haarsträhnen hervor und bedeckten seine Stirn. Sein Anzug war beschmutzt, als wäre er über die Straße gekugelt. Sein Blick war irr und stechend.

»Warum bist du denn noch auf?«, fragte er und lehnte sich an der Tür an.

»Ich hab auf dich gewartet.«

»Wozu?«

»Ich wollte mit dir sprechen – aber ich sehe, dass du betrunken bist«, stellte sie verächtlich fest.

»Und? Ist das so schrecklich?«

»Ja, das ist schrecklich!«, sagte sie heftig.

Er lachte gröhlend und schaute an sich herunter. »Der Bauer vom Jakoberhof darf sich schon mal voll gießen. Das verträgt das Vermögen schon.«

»Aber ich vertrag's nicht!«

»Du? Der Herr hier bin ich, und ich tu, was mir gefällt!«

Er schlurfte zur Bank, ließ sich darauf niederfallen, streckte die Füße von sich und deutete auf seine Schuhe. »Bind auf!«

Empört drehte sie ihm den Rücken zu und rang mühsam um Fassung

»Was hast du mit mir zu besprechen?«, fragte er.

Sie wandte sich ruckartig zu ihm um und schaute entrüstet auf ihn nieder.

»Nun?«, forderte er sie kampflustig auf.

»Ich ertrage das nicht mehr länger!«, stieß sie hervor und war dem Weinen nahe.

»Was erträgst du nicht? Dass du Bäuerin vom Jakoberhof geworden bist? Hast es ja selbst so gewollt. Oder nicht?«

»Du bist gemein, Simon!«, rief sie.

Er lachte verächtlich. »Das hat mir heute eine andere auch schon gesagt. Was kann man da machen? Man muss sich's eben gefallen lassen. Ich sag dir, so ein Krug Wein tut da Wunder! Man vergisst, was man eigentlich für ein Tölpel ist.«

»Und ich sage dir, wenn das nicht bald anders wird zwischen uns, dann ...« Sie brach ab.

Er zwinkerte sie mit bösen Augen an. »Dann?«

Sie war der Verzweiflung nahe. »Das sage ich dir, wenn du nüchtern bist, denn jetzt würdest du's gar nicht begreifen.«

»Aha!«, schrie er. »Hast du auch gemerkt, dass der Hof allein nicht glücklich macht? Und reut es dich jetzt? Das geht mir schon längst so. Was tut man, wenn man sich verfahren hat? Weiterfahren – bis man im Dreck stecken bleibt! Das ist der Rat, den ich dir geben kann!«

Sie war entsetzt von seiner Rede. »Das heißt, du hast mich nur geheiratet, weil – weil ...«

»Weil mein Alter es wollte, ja, er hätte mir sonst den Hof nicht gegeben.«

Ihr Gesicht war schneeweiß geworden, ihr Atem flog vor Erregung. »Du hast mich also gar nicht geliebt?«

»Du etwa mich?«, höhnte er.

»So wahr mir Gott helfe, ich liebte dich, und ich liebe dich noch, wie weh du mir auch schon getan hast!«

»Geh, ich hasse diese scheinheiligen Reden! Wir sind ein verkuppeltes Paar und müssen eben jetzt schauen, wie wir damit fertig werden. Ich lege dir nichts in den Weg, verlange aber, dass auch du mich machen lässt, was mir gefällt. Je eher der Hof zum Teufel geht, desto besser wird es sein, für uns beide!«

Er wankte an ihr vorbei zur Ofenecke, wo das Sofa stand. Dort ließ er sich nieder und schloss die Augen.

Sie wollte nicht glauben, dass er so roh sein konnte. Aber er war ja betrunken. Sie hätte heut nichts sagen dürfen. Mit müdem Schritt ging sie die Treppe hinauf, ging in die Kammer, setzte sich auf ihr Bett und brach in Tränen aus.

Noch bevor die Heuernte begann, kam es bald darauf zu einer zweiten Auseinandersetzung zwischen den Eheleuten des Jakoberhofes. Wie konnte es auch anders sein, denn Abend für Abend verließ Simon das Haus und kam spät in der Nacht heim, oft in betrunkenem Zustand.

Barbara verknüpfte ihre Klage diesmal mit der Drohung, ihn trotz des Aufsehens und Geredes, das im Dorf umgehen würde, zu verlassen und ins Elternhaus heimzukehren, wenn er sie weiterhin mit seiner Lieblosigkeit und seinen ausfälligen und wüsten Reden quälte. Damit aber traf sie den Nagel auf den Kopf.

Es war an einem Abend, als er sich eben wieder herrichtete, um das Haus zu verlassen. Sie stellte sich vor die Tür, um ihn am Weggehen zu hindern.

»Ich will wissen, wohin du gehst!«, sagte sie. »Ist es ins Wirtshaus, um wieder zu saufen, verbiete ich es dir!«

»Wie bitte? Du verbietest es mir? Damit erreichst du genau das Gegenteil.«

»Willst du, dass ich eines Tages nicht mehr da bin, wenn du nach Hause kommst? Meinst du nicht, mir könnte es irgendwann zu viel werden? Ich habe noch ein Zuhause, wohin ich jeden Tag zurückgehen kann!«

»Gut, geh doch wieder heim, wenn es dir hier nicht passt! Ich halte dich nicht davon ab!«

Da verlor sie die Beherrschung und schlug ihm ins Gesicht. »Du Schuft! Glaubst du, ich weiß nicht, was dich forttreibt, und warum du mich loshaben willst? Aber du wirst kein Glück haben bei diesem Mädchen, da magst du dich noch so oft um das Fischerhaus herumtreiben! Schäme dich doch!«

»Ah! Du weißt es also! Hast mir wohl nachspioniert?«, schrie er. »Deswegen tu ich doch, was ich will, und gehe ich auch dabei zu Grunde!«

Er packte sie am Arm und schleuderte sie in die Stube, dass sie polternd zu Boden fiel. Die Tür krachte zu, und fort war er.

Barbara erhob sich. Sie lauschte in das Haus. Irgendwo waren Schritte der Haushälterin zu hören. Natürlich hatte sie gehört, was vorgefallen war, er hatte ja laut genug geschrien. Morgen wussten sie es alle und trugen es ins Dorf. Im Jakoberhof war eine Ehe zerbrochen ...

Sie musste auf der Stelle heimgehen und den Vater um Rat fragen.

Sie riss die Schublade der Kommode auf, holte ein Tuch hervor und warf es sich über die Schulter. Ihr Körper zitterte, so kalt war ihr plötzlich.

Dann stand sie draußen vor der Tür. Es war inzwischen dunkel geworden, und von der Hütte herüber schimmerte das Licht aus dem Stubenfenster. Ob sie mit dem alten Jakober sprechen sollte? Ja, er sollte Bescheid wissen.

Mit festen Schritten ging sie unter den Bäumen auf die Hütte zu und klopfte an das beleuchtete Fenster.

»Was ist los?«, hörte sie die Stimme des Alten von drinnen. »Komm nur herein, die Tür ist nicht verschlossen!«

Sie ging hinein und betrat die Stube. Der Altbauer saß am Tisch, die Zeitung in der Hand, in der er eben gelesen hatte. Die Lampe war tief auf den Tisch herabgezogen, wodurch ihr Gesicht im Schatten lag. Er konnte den Ausdruck ihrer Miene nicht sehen und gab auch nicht weiter Acht darauf.

»Du bist's?«, sagte er und faltete die Zeitung zusammen.

»Ich wollt nur sagen, dass ich heimgehe.«

Auch an ihrer Stimme schien ihm nichts aufzufallen. »Grüß deinen Vater von mir!«, trug er ihr auf. »Schau, ob sie auf dem Riedingerhof schon mit dem Heuschnitt begonnen haben. Ich meine, wir sollten auch nicht mehr lang warten. Das Gras steht gut, und das Barometer steigt.«

Ihr Schweigen schien ihm aufzufallen. Er schaute sie genauer an. »Was ist denn los?«

»Ich weiß nicht, wann und ob ich zurückkomme.«

»Wie?« Er warf die Zeitung weg, die er noch in der Hand hielt, erhob sich und kam näher. »Was heißt das?«

Jetzt fiel sie ihm aufschluchzend in die Arme.

»Sag mir bloß noch, dass du davonlaufen willst!«

Sie nickte.

»Ja, warum denn nur?«

Mit gewürgter und tränenerstickter Stimme erzählte sie ihm die Auftritte, die es zwischen ihr und Simon gegeben hatte, und die jedes Mal noch schlimmere Ausmaße annahmen, sodass sie es für das Beste hielt, wenn sie auseinander gingen.

Er hörte ihr schweigend und mit gerunzelter Stirn zu, und als sie am Schluss wieder in Tränen ausbrach, führte er sie zum Sofa, worauf sie beide Platz nahmen.

»Nein, nein, das geht nicht! Auf keinen Fall!«, sagte er. »So etwas mag unter Scherenschleifern und sonstigem Gelumpe vorkommen, aber nicht unter Bauern von Ansehen! Und ausgerechnet jetzt, vor der Heuernte! Der Hof braucht eine Bäuerin!«

»Ich kann nimmer länger bleiben! Er will ja selber, dass ich geh!«

»Der Haderlump! Was ist denn in ihn gefahren?«

»Fast jede Nacht kommt er betrunken heim!«, klagte sie. »Kein Wort darf ich sagen. Ich komme mir vor wie eine Hausangestellte!«

Der Alte schaute nachdenklich auf seine Hände nieder, die zu Fäusten geballt auf seinen Knien lagen. »Daran ist nur das leichtfertige Frauenzimmer vom Fischerhaus schuld!«, begann er dann und zog die Brauen grimmig herab. »Sie wird schon dafür sorgen, dass er sie nimmer aus dem Kopf bringt.«

»Wenn du damit die Janiser Anna meinst, das glaube ich nicht!«, wandte sie ein.

»Aber ich glaube es!«, schrie er mit donnernder Stimme. »Ich hab mich bereits bemüht, die Bruchbude am See aufzukaufen, bloß um dieses Gesindel endlich einmal von hier fortzubringen. Ich hab schon befürchtet, dass diese verdammte Liebschaft wieder anfangen könnte, denn Leute von dieser Art haben da keine Hemmungen, auch wenn es ein verheirateter Mann ist. Ehebruch! Nein, nein, Barbara, so weit darf es nicht kommen! Dafür sorge ich! Weglaufen? Nein, das gibt es nicht! Soll morgen das ganze Dorf davon reden? Soll dein Vater die Meinung haben, als hätten wir ihn angeschwindelt? Der Jakoberhof hat sein Ansehen! Ich will die Sache in Ordnung bringen, so oder so! Du bist hier die Bäuerin und bleibst es!«

Sie schüttelte verzweifelt den Kopf. »Du magst ihn vielleicht einschüchtern können, Altbauer, oder ihn vielleicht sogar von seinem Trinken wegbringen, aber die Liebe zu seiner Frau, die ihm fehlt, kannst ihm nicht geben!«

»Nein, das nicht«, gab er zu. »Das liegt freilich nur an dir. Ja, ein Kind sollte kommen, dann wäre wohl alles gut!«

»Wie kann ein Kind kommen, Altbauer, wenn die Liebe fehlt?«

Er starrte sie an. »Ach so! Ja! Bei dir?«

»Nein, bei ihm.«

Er schaute wieder nachdenklich vor sich hin. Dann legte er seine Hand auf ihre Schulter. »Du hast ihn also gern, Barbara?«

»Hätte ich ihn sonst geheiratet?«

Er nickte. »Geschlagen hat er dich aber noch nicht, oder?«

»Nein.«

»Ich werde mit ihm reden. Gleich morgen. Und dich bitte ich, bleib, wo du bist! Du gehörst hierher. Geh also wieder zurück. Und wenn du etwas zu klagen hast, komm zu mir! Ich bin immer für dich da und halte zu dir!«

»Dank schön, Altbauer.«

9

Wenn die Morgensonne über die Schreckhornwände heraufkam und die taufeuchte Erde zum Schimmern brachte, war der Schwarztannsee das Juwel des ganzen Tales. Wie unter einem Schauer zitterte der Wasserspiegel im leichten Morgenwind, er leuchtete flammend auf und gab alle Farben seiner Umwelt wieder, mit ihren dunklen Wäldern, dem gleißenden Felsgestein und dem klarblauen Himmel, der sich darüber wölbte.

Anna stand auf dem Steg und nahm all diese Pracht dankbar wahr. Sie holte den Großvater aus dem Haus, damit auch er teilhaben sollte an dieser Morgengabe der Natur, die sich darbot, als wäre sie nur für diese beiden Menschen bereitet.

Der alte Janiser aber schaute auf seinen Kahn, der am Pflock gemächlich schaukelte. Es lockte ihn wieder hinaus auf das Wasser, um die Netze auszuwerfen, sein Glück und seine Kraft zu erproben.

»Ich glaube, ich könnte es wieder schaffen«, sagte er.

»Tu's nicht, Großvater! Wozu auch? Ich bin so froh, dass du dich wieder so gut erholt hast. Warum sollen wir nicht zufrieden sein mit dem, was wir haben? Sind wir nicht reich genug?«

Sie sprang in den Kahn, löste die Kette vom Pflock und griff nach den Rudern. »Komm, Großvater! Diesen schönen Tag wollen wir feiern.«

Dann glitten sie über den glänzenden Wasserspiegel hinaus in den feierlichen Morgen. Anna ruderte und summte ein Lied dazu. Der Alte schaute auf zu den gigantischen Schreckhornwänden und ließ seinen Gedanken freien Lauf. Vielleicht waren es Erinnerungen aus vergangenen Tagen, mit denen er sich jetzt beschäftigte.

Es war eine wundersame Stille um sie, noch hörte man nichts von den surrenden Maschinen, wenn die Leute vom Jakoberhof bei ihrer Arbeit auf den Wiesen waren. Auch über den Wäldern, die den See umsäumten, lag tiefes Schweigen.

Nur ab und zu kam ein ferner Ruf oder Juchzer von den Höhen herab, ausgestoßen von einem Hirten oder Jäger, vielleicht auch von Touristen, die in den Schreckhornwänden unterwegs waren.

Lange schwamm der Kahn mit den beiden Menschen vom Fischerhaus draußen auf dem flimmernden See. Planlos glitt er bald in dieser, bald in jener Richtung dem Ufer zu.

Aber diese Morgenfreude der beiden Menschen aus dem Fischerhaus nahm ein rasches Ende, als sie vom See zurückkehrten und vor dem Haus die breite, wuchtige Gestalt des alten Jakoberbauern stehen sahen.

Er hatte seinen großen Hut in die Hand genommen und ließ die Sonne auf seinen gewaltigen Schädel scheinen. Sein Gesicht war steinhart, als wäre noch nie ein Lachen darüber gegangen.

»Ihr beide macht euch ein schönes Leben, wie man sieht«, spöttelte er boshaft.

»Wenn du's dir schlechter gehen lässt, ist das deine eigene Schuld, Jakober«, entgegnete Janiser. »Bist ja schließlich im Ruhestand.«

»Was ein richtiger Bauer ist, kennt keinen Feierabend, auch nicht in meinem Alter. Ihr tut euch da leichter, wo nichts ist, braucht man nichts erhalten.«

»Wir haben genug, Jakober.«

»Das kann ich mir denken«, spöttelte der Altbauer und äugte nach dem baufälligen Haus. »Ich hätte mit euch beiden etwas zu bereden«, knurrte er dann und zog die Brauen finster herab.

»Wenn es nicht wieder ein Kaufangebot ist? Das hätte nämlich keinen Zweck«, erwiderte der alte Fischer.

»Dann müsst ihr viel Geld haben.«

»Haben wir auch, gelt Anna?«

»Uns reicht es«, bestätigte das Mädchen.

»Du bist ein komischer Kauz, Janiser. Dass du's faustdick hinter den Ohren hast, weiß ich schon länger.«

»Meinst du? Man muss also kein Bauer sein, um andere hereinzulegen. Schade, dass wir so wenig miteinander zu tun haben, Jakober. Aber jetzt sag, was dich heute herführt. Oder, wenn es dir lieber ist, gehen wir hinein.«

Sie betraten das Haus.

»Muss ich dabei sein?«, fragte Anna, die diesem Gespräch lieber ausgewichen wäre.

»Ja, du auch!«, brummte Jakober böse.

Der alte Janiser setzte sich auf seinen angestammten Platz am Fenster. »Nimm einen Stuhl, Jakober, wenn du sitzen willst«, sagte er und deutete zum Tisch. Aber der Bauer blieb stehen und fuhr sich mit der Hand über den Kopf.

Auch Anna nahm nicht Platz, sie stellte sich hinter den Großvater. Die Augen Jakobers lagen eine Weile finster und drohend auf ihrem Gesicht.

»Ich habe es damals nicht geduldet, dass du mit meinem Sohn zusammen bist«, sprach er sie dann mit grober Stimme an. »Die Gründe brauche ich dir wohl nicht darzulegen. Was soll ein Bauernsohn vom Jakoberhof mit einem Mädchen wie dir anfangen können? Aber ich habe es damals eurem Unverstand zugerechnet und dieser Liebschaft ein Ende gesetzt. Dass du aber, nachdem mein Sohn jetzt verheiratet ist, noch weiterhin hinter ihm her bist und ihn zu wer weiß welchen Ausschreitungen verführst, das kann ich nicht tatenlos hinnehmen, denn es geht um den Frieden in seinem Haus, um das Glück Barbaras, die seine Frau ist. Es geht um das Glück des Hofes, um unser Ansehen und um die ganze Zukunft meines Hofes!«

Nach und nach war seine Stimme immer lauter geworden. Die letzten Worte schrie er nur noch heraus. Sein Körper bebte, und seine Augen quollen hervor.

»Du kannst dir wohl denken, dass ich dieser verdammungswürdigen Liebschaft zwischen euch beiden den Garaus mache, bevor noch im Dorf etwas darüber gemunkelt werden kann. Und müsste ich die alte Hütte da, die dieser halsstarrige Depp mir nicht verkaufen will, euch über dem Kopf abbrennen, und müsste ich dich erschlagen und dafür den Rest meines Lebens ins Gefängnis gehen, aber mit diesem Unglück wird Schluss gemacht! Ich verlange, dass du den Ort verlässt, und zwar so schnell wie möglich! Verlass dich darauf, dass ich Mittel und Wege finde, um dich loszuwerden, wenn du nicht freiwillig gehst! Für ein Luder wie dich gibt es einen Ortsverweis!«

Anna war der letzte Tropfen Blut aus dem Gesicht gewichen, und selbst der alte Janiser, den sonst nichts zu erschüttern vermochte, war aufgesprungen und blickte fassungslos und entsetzt vom einen zum anderen. Er konnte nicht glauben, was Simon da gesagt hatte.

»Weißt du, welche ungeheuren Vorwürfe du uns machst?«, sagte er erregt. »Wir sind kein Gesindel, das du auf deine Art schmähen und verleumden darfst, Jakober! Ich weiß nicht, ob und wann meine Anna sich überhaupt dir und deiner Sippe gegenüber etwas zu Schulden kommen ließ, aber das weiß ich, dass sie deinem hochwohlgeborenen Sohn keine Träne nachweint. Hab ich Recht, Anna?«, wandte er sich an seine Enkelin.

Anna nickte mit blutleerem Gesicht.

»Dann rede! Scheue dich nicht, ihm auf die gleiche Art zu antworten!«

»Ich will nicht irgendeine verlogene Ausflucht hören, drum soll sie ihr Maul halten!«, schrie der Bauer. »Ich wollte ja gegen teures Geld das ganze Gelump da aufkaufen, um die beiden für immer auseinander zu bringen. Ich hätte jeden tragbaren Preis dafür bezahlt, und wenn du schon nicht mehr fischen kannst, was hat es noch für einen Sinn für euch, länger in der baufälligen Hütte zu hausen? Wenn es nur zum Unglück meines Hauses ist, dann kann ich nur sagen: Gnade euch Gott! Noch bin ich der Jakober! Noch bin ich wer in der Gemeinde!«

»Ganz langsam, Jakober, du magst daheim in deinen vier Wänden wüten und toben, in meinem Haus verbiete ich dir das! Und wenn du glaubst, mich von hier vertreiben zu können, wirst du deinen zweiten Prozess gegen das Fischerhaus verlieren. Das prophezeie ich dir heute schon. Ich gehe von hier, wann ich will, und nicht, wenn du es befiehlst!« Er wandte sich an das Mädchen. »Rede!«, rief er streng.

»Jakober! Ich beklage mich bei dir über deinen Sohn!«, sagte Anna plötzlich und schien verwandelt zu sein. Sie hatte das erste Erschrecken und die Scham überwunden. Ihr Gesicht gewann wieder an Farbe, und ihre Stimme war stark. »Ich traue mich nicht einmal mehr zur Kapelle zu gehen, um für meine toten Eltern das Vaterunser zu beten und eine Kerze anzuzünden. Genügt es nicht, dass ich ihm ins Gesicht gespuckt habe? Wenn du mir nicht glaubst, frag ihn doch selbst!«

Eine Weile war es still. Anna wandte sich ab und verließ das Stübchen.

Der alte Janiser und der Bauer schauten sich an.

»Der Dreck liegt in deinem Haus, Jakober!«, sagte der Alte mit dumpfer Stimme. »Geh also heim und schaffe Ordnung. Deine Beleidigungen sollen dir vergessen sein. Nur verschone uns fernerhin mit deinem Besuch, ich müsste sonst von meinem Hausrecht Gebrauch machen!«

»Pack!«, knirschte der Bauer, ohne dass man wusste, wen er damit meinte. Dann knallte er die Tür zu, und fort war er.

Gegen Abend war Simon Jakober mit der Vorbereitung der Heuernte beschäftigt, die am nächsten Morgen beginnen sollte.

Da traf ihn ein Schatten, und er blickte auf. Der Vater stand vor ihm mit verschlossenem, bösem Gesicht.

»Komm zu mir herüber«, sagte er. »Ich hab etwas mit dir zu bereden.«

»Dazu ist heut wenig Zeit. Du siehst ja, dass wir zum Heuen herrichten«, entgegnete der Sohn mürrisch.

»Doch, es ist Zeit, weil es drängt!« Darauf ging der Alte weiter und verschwand in der Hütte.

Erst als Simon mit seiner Arbeit fertig war und die Werkzeuge aufgeräumt hatte, folgte er dem Vater in die Hütte. Sein Gesicht war trotzig.

Der Alte stand am Fenster seiner Stube und drehte sich nach ihm um. Sein Atem ging stoßweise und blähte die breite Brust.

»Was gibt's?«, fragte Simon. »Mach's kurz, Barbara hat zum Essen gerufen. Außerdem muss ich heute noch fort.«

»Fort? Wohin denn schon wieder?«

»Ins Dorf.«

»Vielleicht zum Saufen und Kartenspielen?«

Das trotzige Gesicht des Sohnes verfinsterte sich. »Und wenn, geht es denn jemanden etwas an?«

»O ja! Es geht uns alle etwas an, mich, deine Frau, und den Hof, den du womöglich noch herunterwirtschaftest!«

»Ich habe meine Arbeit immer noch getan!«

»Die Arbeit! Die Arbeit!«, schimpfte der Alte. »Darum allein geht es nicht immer. Was ist mit deiner Frau los? He?«

»Warum?«

»Wenn du noch ein Auge für sie hättest, müsstest du ja sehen, was du angestellt hast! Wenn du so weitermachst, läuft sie dir eines Tages davon!«

»Dann kann ich auch nichts dagegen machen!«

»Ja! Was ist denn mit dir los? Willst du dich und unser ganzes Haus in Schande bringen? Weißt du denn nicht, was du damit anstellst, wenn du heut noch dem Frauenzimmer vom Fischerhaus nachläufst, ihr den Weg abpasst?«

»Hätte ich sie heiraten dürfen! Dann bräucht ich ihr heute nicht nachlaufen«, war die trotzige Antwort.

Der Alte musste sich von dieser Antwort erst erholen.

»Schau, Kerl, für diese Antwort möchte ich dich am liebsten ohrfeigen!«, schrie er dann. »Da hat man die beste und tüchtigste Frau, die es zu finden gab! Bist du denn so abgrundtief schlecht, dass du dich so weit an deiner Ehre vergehst? Da ist man Gemeinderat, ein Mann, auf den die Leute hören und schauen, und in Wirklichkeit bist du ein Dreckskerl, den man anspeien möchte! Hab ich dir nicht freie Wahl gelassen? He?«

»Ja, freie Wahl zwischen dem Hof und der Riedinger Barbara – oder nicht?«, höhnte der Sohn.

»Dann war das also alles eine glatte Lüge, was du uns vorgemacht hast?«

»Ob Lüge oder nicht, du hast es nicht anders verdient, du Erzkuppler!«

Das war zu viel. Mit einem Schrei stürzte sich der Alte auf seinen Sohn, packte ihn, schlug ihn rechts und links ins Gesicht und schleuderte ihn an die Wand. Er war im Augenblick keines Wortes fähig, sondern keuchte und schnaufte nur wie ein wild gewordenes Pferd.

Simon schaute mit flackerndem, bösem Blick auf den Vater, als müsste er noch überlegen, ob er die Hand gegen ihn erheben sollte oder nicht.

»Tu das bloß kein zweites Mal mehr, Vater, sonst könnte ich mich vergessen!«

»Ich vergesse mich auch, wenn du noch einmal diesem Fischermädchen nachläufst! Ich verbiete es dir, wenn du schon nicht selbst so viel Stolz und Ehre im Leib hast!«

»Verbieten lasse ich mir gar nichts, verstanden! Ich bin der Bauer hier!«

»Ein Scheusal bist du! Aber denke ja nicht, dass du tun kannst, was du willst! Ich – ich ...« Weiter kam er nicht mehr, sein Gesicht wurde leichenblass, seine Augen traten hervor und verdrehten sich – dann brach er zusammen und schlug mit seinem ganzen Gewicht wie ein voller Sack krachend zu Boden.

Simon stand einen Augenblick erschrocken da, er wusste nicht, was geschehen war und wie es kommen konnte, dass der starke Mann so plötzlich wie ein Baum zu Boden stürzte und wie tot liegen blieb.

Scheu neigte er sich zu ihm hinab, sah die vorgequollenen Augen, den Schaum an seinem Mund, der weit geöffnet war und röchelnd den Atem einzog. Er griff ihm unter die Schultern, schleifte ihn zum Sofa und versuchte, ihn darauf zu legen. Aber der Mann war schwer wie ein mit Korn gefüllter Sack. Als es ihm mit letzter Kraft gelungen war, drehte er ihn auf den Rücken, verließ die Stube und lief zum Hof zurück.

Er fand Barbara in der Küche. »Geh hinüber zur Hütte«, sagte er aufgeregt. »Es muss etwas mit dem Vater sein.«

Sie schaute ihn erschrocken an. »Krank?«

»Ich weiß nicht, er ist bewusstlos. Ich geh jetzt und hol den Arzt!«

10

Es kam zu einem erregten Auflauf, als bekannt wurde, dass der Altbauer plötzlich einen Herzanfall erlitten habe und ohnmächtig in seinem Stübchen liege. Man hatte ihn doch eben noch kräftig und gesund über den Hof schreiten sehen. Die Bäuerin war hinübergeeilt und blieb bei ihm, bis der herbeigerufene Arzt kam.

Der machte ein sehr bedenkliches Gesicht, als er das Stübchen betreten und einen Blick auf den Kranken geworfen hatte, der inzwischen wohl das Bewusstsein wiedererlangt hatte, aber offenbar zu schwach zum Sprechen war. Sein Gesicht war fahl wie bei einem Toten, die Augen drehten sich ängstlich in den Höhlen.

»Herzinfarkt!«, stellte der Arzt besorgt fest. Sofort ging er daran, die nötige Injektion zu machen.

Barbara stand dabei und ging ihm zur Hand, wenn er irgendetwas brauchte. Aber es war zunächst nicht viel zu tun, man musste erst die Wirkung der Spritze abwarten, und während der Arzt den Puls kontrollierte, sahen beide schweigend auf den Kranken, der jetzt die Augen geschlossen hielt und nach Atem rang.

Unterdessen stand Simon drüben in der Bauernstube am Fenster und schaute mal auf das Auto, in dem der Arzt gekommen war, mal auf die geöffnete Tür der Hütte.

Draußen auf dem Hof saßen die Mitarbeiter und warteten auf die Nacht. Sie waren heute viel stiller als sonst. Vielleicht würde der Jakoberhof morgen zu einem Trauerhaus geworden sein! Das wusste nicht einmal der Arzt, der um die Kräftigung des Pulsschlages kämpfte.

Die Dämmerung schritt vorwärts, aus dem Fenster der Hütte leuchtete jetzt das Licht. Es wurde dunkel, und das Auto des Arztes stand noch immer da.

Dann kam Barbara herüber und schaute in die Stube.

»Wie geht es ihm im Moment?«, fragte Simon kleinlaut, denn er sah schon ihrem Gesicht den Ernst der Lage an.

Sie zuckte die Schultern. »Der Doktor meint, man sollte den Pfarrer verständigen. Die Nacht ist lang.«

»Er wird sich aufregen, wenn der Pfarrer zu ihm kommt!«

»Wir wollen es nicht versäumen, falls es doch nötig sein sollte. Er ist sehr schwach.«

Da machte sich Simon auf den Weg, um den Geistlichen zu holen.

Inzwischen hatte der Kranke sich so weit erholt, dass er entkleidet und richtig gebettet werden konnte. Ein Transport in sein Schlafzimmer war zunächst nicht möglich.

»Vielleicht geht es morgen, wenn ...«, sagte der Arzt.

Barbara verstand. Man durfte ihn jetzt nicht im Geringsten anstrengen.

»Man darf ihn die Nacht nicht allein lassen!«, warnte der Doktor.

Barbara erklärte sich sofort bereit, bei ihrem Schwiegervater zu bleiben. Der Arzt nickte und suchte in seiner Tasche nach einem Medikament, das sie ihm alle zwei Stunden eingeben sollte. Dann prüfte er noch einmal den Puls und schien zufriedener zu sein. »Mehr können wir im Augenblick nicht tun. Hoffen wir einfach«, flüsterte er. »Morgen früh schaue ich wieder nach.«

Dann war Barbara mit dem Kranken allein. Sie schirmte mit einem Tuch die Lampe ab, weil sie fürchtete, das Licht könnte ihm zu grell in die Augen fallen. Sie merkte, dass er sie mit seinen Blicken überall hin verfolgte. Es lag eine große Angst darin.

Aber es kam ihr so vor, als ging sein Atem etwas ruhiger. Sie näherte sich ihm, nahm seine Hand und drückte sie sanft. »Es wird schon wieder!«, sagte sie, um ihn zu beruhigen.

Er schaute sie nur an, immer noch zu schwach, um sprechen zu können. Sie fühlte nur, dass er ihr etwas sagen wollte. Vielleicht seinen Dank für ihre Hilfe, oder die Bitte, sie möge doch bei ihm bleiben. Sie blieb, setzte sich zu ihm und griff nun selbst nach seinem Puls. Sie verstand nichts davon, aber es beruhigte sie schon, wenn sie ihn nur spürte.

Später kam der Pfarrer. Er war ein älterer, leutseliger Mann mit gesundem Humor.

»Was machen wir denn plötzlich für Geschichten, Jakober?«, sagte er und schaute lächelnd auf ihn nieder. »Da ist man ein ganzes Leben lang gesund und vermag Bäume auszureißen, und plötzlich liegt man nun da, nicht wahr? Aber es geht schon wieder! Der Puls ist ganz ordentlich.«

Barbara wollte die Stube verlassen, weil sie glaubte, dass es nun ans Beichten ging, aber der Pfarrer winkte sie zurück. »Das machen wir morgen, wenn er etwas kräftiger ist«, sagte er. »Aber das heilige Öl werde ich ihm spenden, das, wenn es Gottes Wille ist, die Krankheit überwinden hilft. Gelt, Jakober?«

Jetzt nickte der Kranke.

Die Bäuerin holte alles zusammen, was der Geistliche benötigte, und kniete dann dabei, als die Salbung erfolgte. Und die Nacht ging vorbei.

Am Morgen kam der Arzt und fand den Kranken etwas besser vor. Er vermochte sogar zu sprechen, wenn auch nur mit matter Stimme. Abermals wurde ihm eine Spritze verabreicht. Darauf legte sich Barbara ein paar Stunden nieder und ließ die Haushälterin so lange bei dem Kranken wachen.

Langsam, aber sicher erholte sich der Altbauer vom Jakoberhof unter der gewissenhaften Pflege der Bäuerin, die Nacht für Nacht bei ihm saß. Dann war es so weit, dass er im Bett ein wenig aufsitzen konnte.

»Hat die Heuernte begonnen?«, fragte er in einer Nacht.

»Ja, vor ein paar Tagen schon«, antwortete Barbara.

»Du musst heut noch dem Thomas schreiben. Er soll sofort heimkommen.«

»Ist es denn wirklich nötig?«

»Ja. Erstens braucht man ihn zur Arbeit auf dem Hof, ich kann nicht helfen und du auch nicht. Wer soll denn die Arbeit tun? Und zweitens weiß man nicht, was mit mir noch wird. Ich möchte ihn noch sehen!«

Da setzte Barbara sich an den Tisch und schrieb einen Brief an ihren Schwager, sie schrieb, was der Alte ihr diktierte, obwohl sie sich über manches Wort sehr wunderte. Er ließ sich den Brief noch einmal vorlesen, bevor sie ihn verschloss. Dann nickte er beruhigt und bat, dass er gleich in der Frühe zur Post gebracht würde.

Sie öffnete einen Spalt das Fenster und ließ die kühle Nachtluft ein. Sie schaute hinüber auf den dunklen Hof, roch den Duft des frisch geernteten Heues, der herüberströmte. Ob ihr Mann daheim war? Seine Aufregung hatte sich längst gelegt, seitdem es dem Vater besser ging. Vielleicht war er zum Trinken ins Dorf gegangen.

»Ich habe manches gutzumachen am Thomas«, hörte sie plötzlich die Stimme des Kranken hinter sich. »Ich bin nicht ganz gerecht mit ihm umgegangen, aber er hat mir nie etwas nachgetragen. Weißt schon, jeder Vater hat einen Lieblingssohn oder eine Lieblingstochter. Ich hatte nur zwei Söhne, von denen mir der Ältere immer der Liebere war. Warum? Vielleicht weil man auf den ersten mit größerer Sehnsucht wartet, auf den Stammhalter und Hoferben. Meine Frau hing mehr am zweiten Sohn. Er ist auch ihrer Art nachgeraten, still, folgsam, fleißig und rechtschaffen. Das sind Tugenden, die man nicht immer genügend schätzt. Ich war immer mehr für den Stolz, für die Unnachgiebigkeit, denn ein richtiger Bauer muss auch einmal auf den Tisch schlagen können. Das konnte Simon. Er ist mehr wie ich. Bloß so dumm wie er war ich nie und hab nicht durch leichtfertige Liebschaften mein Ansehen und meine Zukunft aufs Spiel gesetzt!«

Sie wandte sich nach ihm um. Aber er schaute zur Decke und schien über sein Leben nachzudenken.

»Ich hab mir halt gedacht, wenn der Kerl erst einmal verheiratet ist und eine richtige, tüchtige Frau hat und sich um die Wirtschaft auf dem Hof kümmern muss, hören die Dummheiten ganz von selber auf«, fuhr er fort. »Es ist wahr, ich hab ihm keine Wahl in der Heirat gelassen, sonst hätte er mir gar noch dieses Fischermädchen mitsamt ihrem Anhang ins Haus gebracht. Aber dass er mich nun einen Erzkuppler nennt, das ist boshaft!«

Sie schaute wieder nach ihm herum und begegnete seinem Blick.

»Sag selbst, Barbara, hat er dir nicht selbst gesagt, dass du ihm gefällst, und dass er dich heiraten möchte?«

Sie nickte.

»Also – dann war es keine Kuppelei! Und es wäre heut vielleicht alles gut, wenn ihm nicht dieses Frauenzimmer noch vor den Augen herumliefe! Ich habe ein paar Mal versucht, den alten Janiser dazu zu bringen, dass er seine alte Bruchbude an mich verkauft. Ich hätte sogar einen Überpreis dafür bezahlt, und wenn die ganze Menschheit über mich gelacht hätte, bloß dass diese Leute fortgeschafft wären vom Ort. Aber da ist nichts zu machen. Es ist, als hätte es der alte Gauner darauf abgesehen, den Jakoberhof durcheinander zu bringen.« Er ließ sich erschöpft und entmutigt in das Kissen zurückfallen und starrte zur Decke.

Sie zählte die Tropfen aus einem Medizinfläschchen auf den Löffel, denn es war wieder Zeit zum Einnehmen. Mit finsterer Miene schluckte er die Arznei.

»Und jetzt liege ich da und kann nichts mehr dagegen tun!«, jammerte er.

»Du darfst dich nicht aufregen!«, mahnte sie. »Hast ja gehört, was der Arzt gesagt hat: unbedingte Ruhe, und vor allem keine Aufregung.«

»Der Doktor hat leicht reden!«

»Und wir müssen uns daran halten.« Er äugte hinüber zum Tisch, auf dem der Brief lag, der an seinen zweiten Sohn abgeschickt werden sollte.

»Meinst, dass wir es dringend genug gemacht haben?«, fragte er. »Oder sollen wir es dem Thomas noch deutlicher schreiben?«

Sie verneinte. »Es ist so schon recht, und ich glaube, dass er auch gleich kommen wird.«

»Und er muss bleiben! Das haben wir ihm nicht geschrieben!«

»Das können wir ihm sagen, wenn er da ist!«

»Thomas muss her! Auf ihn kannst du dich verlassen wie auf mich! Hätte ich doch alles anders gemacht!« Er tastete nach ihrer Hand. »Verzeih mir, Barbara!«

»Was denn?«

»Dass du so bitter enttäuscht bist! Wissen es deine Leute daheim?«

»Nein.«

»Dafür danke ich dir! Aber du wirst sehen, wenn der Thomas da ist, wird alles besser sein. So weit muss es kommen, dass ein Vater nach einem Sohn schreit, den er früher von sich geschoben hat, bloß weil er in den anderen vernarrt gewesen ist. Es hat damals oft einen Streit gegeben zwischen mir und meiner Frau. Wenn die Buben etwas angestellt hatten, Thomas hat es ausfressen müssen, er hat die Prügel gekriegt, und den anderen hab ich geschont. Das sind heute die Früchte!«

»Du sollst dich nicht aufregen!«, mahnte sie.

»Ich bin gleich fertig und hab bloß noch das Letzte zu sagen: Ich will nicht hoffen, dass es so weit kommen wird, aber sollte der Simon mit seiner Sauferei an die Substanz des Hofes gehen, sodass man sieht, wie Stück um Stück verloren geht ...«

»Nein!«, rief sie. »So weit kommt es bestimmt nicht!«

Er winkte erregt ab. »Du glaubst nicht, wie schnell einer abwirtschaftet, wenn er seinen Halt und Charakter verloren hat! Schau dir bloß das Anwesen vom Höllerer an! Es sind immerhin an die siebzig Tagwerk Grund da und ein Dutzend Küh im Stall. Früher hat es einem gewissen Raitler gehört. Der hat diesen Hof buchstäblich versoffen! Er ist verdorben und später auch gestorben. Bloß, dass ich dir sage, wie es gehen kann mit solchen Taugenichtsen. Bevor dies aber geschieht, wird er entmündigt!«

»Um Himmels willen, was redest du!«

»Die Bäuerin bist du! Du hast dasselbe Recht auf den Hof. Was er vergeudet und verludert, ist genauso dein Gut! Und das wollen wir behüten. Thomas wird und muss dir beistehn!«

Er legte sich wieder zurück und schwieg.

Barbara verhängte die Lampe und setzte sich ans Fenster. Sie hoffte, dass er nun schliefe. Es war ihr plötzlich so schwer ums Herz. Die letzten Worte des Alten hatten ihren ganzen Widerstand geweckt. Sie glaubte nicht daran, dass das Unglück ein solches Ende nehmen konnte. Gewiss, sie hatte schwer unter den Vorstellungen gelitten, dass die Liebe Simons immer noch der Anna gehörte, aber sie hatte keinen Augenblick daran gezweifelt, dass eines Tages sein Herz zur Ruhe käme. Sie kannte Anna von Jugend auf als ein charaktervolles Mädchen und es tat ihr weh, wenn man so abfällig von ihr sprach, wie es der alte Jakober tat. Sollte es wirklich noch zu Begegnungen zwischen ihr und Simon gekommen sein, dann hatte sie gewiss keine Schuld daran. Sie wusste wohl gar nicht, zu welchen Auftritten es hier schon gekommen war.

Wenn Anna den jungen Bauern je einmal geliebt hatte, heute hatte sie das längst überwunden. Und auch Simon würde und musste es überwinden. Man musste ihm nur dabei helfen. Und zwar mit Liebe und Geduld. Nicht mit Entmündigung!

11

Es war wenige Tage später, als Anna am Abend auf dem Schwarztannsee ruderte und in die rotglühende Spiegelung des Wassers schaute. Die Luft war warm, fast schwül, und hinter dem Gebirge zuckte manchmal ein ferner Blitz auf. Der Großvater saß auf dem Hausbänkchen, rauchte seine Pfeife und blickte ihr nach.

Sie ruderte gemächlich hinüber bis zum Bergufer, wo sich die Dämmerung bereits dunkel und schwarz auf die Wälder legte. Dort legte sie ihren Kahn an, sprang behende an Land und stieg über einen steilen Geröllpfad hinauf zu einem verwitterten Felssturz, wo der Almrausch zu blühen begann.

Sie kletterte von Fels zu Fels und brach einige der schönsten Alpenrosen ab, bis sie ein Sträußchen beisammen hatte, das sie daheim in die Steingutvase stecken wollte. Sie hatte daran ihre ganz besondere Freude.

Kaum hatte sie ihren Kahn wieder erreicht, als hinter ihr plötzlich eine männliche Stimme ertönte: »Halt! Bergwacht!«

Sie erschrak zunächst und sah sich bereits im Strafregister. Stand die Alpenrose womöglich doch unter Naturschutz, und sie hatte das Pech, von einem Mann der Bergwacht ertappt worden zu sein? Eigentlich kannte sie sich aus bei den Alpenblumen, und doch war sie nun etwas verunsichert. Sie warf einen Blick hinter sich und sah die große Gestalt eines Mannes hinter einer Fichte hervorkommen. Ihr Schrecken verwandelte sich sofort in freudige Überraschung, als sie den Mann erkannte.

Thomas Jakober! Aus seinem dunkel gebräunten Gesicht lachte ihr eine Reihe strahlend weißer Zähne entgegen, als er zu ihr in den Kahn sprang.

»Bist du's wirklich?«, fragte sie verwundert und schaute an ihm herauf, als könnte sie ihren Sinnen nicht trauen.

»Leibhaftig!«, lachte er.

»Bist du denn daheim? Seit wann schon?«

»Seit gestern.«

Er setzte sich ihr gegenüber in den Kahn, nahm ihr die Ruder aus der Hand und legte sie beiseite. »Bloß auf ein paar Worte, Anna!«, bat er.

Sie schaute über den See hin, auf dem jetzt der rote Abendglanz erloschen war. Das Fischerhaus drüben versank in der Dämmerung. Vom Großvater war nichts mehr zu sehen.

»Ich weiß nicht, ob du schon davon gehört hast, dass mein Vater sehr krank geworden ist«, begann er. »Ein schwerer Herzanfall hätte ihm beinahe das Leben gekostet.«

»Doch, das haben wir gehört.«

»Es geht ihm schon etwas besser, aber es wird noch eine Weile dauern, bis er wieder auf die Füße kommt. Von Arbeit kann vorerst natürlich keine Rede sein. Barbara hat viel mit seiner Pflege zu tun. Zur Zeit ist das Heu einzubringen, und auch sonst gibt es viel Arbeit auf den Feldern. Darum bin ich da.«

»Dann bleibst du also länger?«

»Voraussichtlich ja.«

»Hast du denn deinen Dienstplatz aufgegeben?«

»Was hätte ich denn sonst tun können? Vielleicht war es falsch, denn so leicht lässt sich kein zweites Mal mehr ein solcher Platz finden. Ich war dort so viel wie der Bauer. Aber schließlich kann ich meine Leute nicht im Stich lassen, wenn ich auch keine eigentlichen Verpflichtungen mehr habe. Außerdem, ganz so ungern bin ich nicht heimgekehrt.«

»Freilich, wenn dein Vater so schwer krank ist!«, meinte sie.

»Und da ist auch noch etwas anderes.« Er brach ab, als wollte er den eigentlichen Grund nicht sagen.

»Ich freue mich, dass ich dich gleich heut Abend schon getroffen habe! Das konnte ich bei all meinem Glück nicht erwarten. Sonst bist du doch um diese Zeit drüben in der Kapelle?«

»Nicht immer. In letzter Zeit ist es eigentlich ziemlich selten geworden.«

»Warum denn?«

»Ich weiß nicht. Früher habe ich mir nichts dabei gedacht, wenn es ringsum Nacht geworden ist. Heut fürchte ich mich, wenn es dunkel ist.«

»Doch nicht vor den Menschen?«

»Doch, vor den Menschen.«

»Hier bei uns?«

»Sie sind bei uns nicht besser als anderswo.«

»Ich weiß nicht, wen du damit meinst. Ich bin es doch wohl nicht?«

Sie lachte. »Du warst ja immer fort, also kannst du's nicht sein.«

»Und ich wollte dich eben fragen, ob du am Sonntag mit mir zu den Schreckhornwänden aufsteigen möchtest, aber wenn du dich fürchtest ...«

»Da gehe ich gerne mit!«, rief sie sogleich. »Das heißt, wenn mein Großvater es erlaubt«, setzte sie hinzu.

»Wie schön, Anna!«

»Ich wollte immer schon unseren Hausberg wenigstens einmal besteigen, aber allein traue ich mich nicht.«

»Abgemacht! Am Sonntag schauen wir von zweitausend Metern Höhe auf den Schwarztannsee herab.«

»Wenn es der Großvater erlaubt!«, schränkte sie ein.

»Der darf einfach nicht dagegen sein! Du fährst mit dem Kahn wieder hierher, von da geht der nächste Weg hinauf. Man muss ihn bloß kennen. Ich warte auf dich!«

»Und wenn uns jemand sieht?«, überlegte sie.

»Was ist dann?«, fragte er verwundert.

»Du weißt, wie viel geredet wurde, als ich damals mit deinem Bruder zusammen war. Dein Vater würde sich schwer aufregen!«

»Ach was! Mein Vater ist schon froh und dankbar, wenn er bloß in seinem Bett aufrecht sitzen kann. Ich muss viel mit dir besprechen, Anna! Wir leiden alle an einer unseligen Vergangenheit. Ich weiß nicht, was unsere Väter damals zu solchen Feinden gemacht hat. Wir waren da alle noch viel zu klein. Man sagt, sie hätten wegen des Fischereirechts einen jahrelangen Prozess gegeneinander geführt, den mein Vater schließlich verlor, worauf er gegen das Fischerhaus einen erbitterten Hass geschürt habe. Aber ich verstehe das nicht. Mein Vater hat in seinem Leben mehrere Prozesse verloren, ohne mit seinen Gegnern so unversöhnlich verfeindet geblieben zu sein wie mit deinem Vater. Das Fischerhaus war ihm ein Dorn im Auge, solange ich denken kann.«

»Und dieser Dorn ist heute noch in seinem Auge. Warum will er uns das Haus abkaufen? Bloß, um uns von hier wegzubringen! Aber ich mag nicht und der Großvater auch nicht!«

»Das mag mehrere Gründe haben, und gerade deswegen möchte ich mit dir sprechen, Anna! Wir werden am Sonntag miteinander eine Bergtour machen, bei der wir keinem Menschen begegnen. Ich bitte dich nur um so viel Vertrauen, dass du keinerlei Argwohn dagegen hegst. Ich stehe weder mit meinem Vater noch mit meinem Bruder noch mit sonst jemandem in Verbindung. Ich bin ein völlig freier Mensch, und könnte ich meinen Namen Jakober abstreifen, würde ich es tun, nur um dein Vertrauen zu gewinnen. Schau, wenn ich nur ein Arbeiter auf einem unserer Höfe wäre, vielleicht der Arbeiter vom Jakoberbauern, dann hätte ich schon längst mit deinem Großvater die Netze ausgeworfen, an eurem alten Haus das Dach repariert und alle Wetterschäden behoben. Und hätte er mich gefragt, wofür ich das tu, wäre ich höchstens um eine Antwort verlegen gewesen. Ich weiß nicht, ob du mich von meinem Bruder so weit unterscheiden kannst, um zu wissen, dass ich nur seinen Namen trage, aber nicht auch mit seiner Charakterlosigkeit behaftet bin. «

Er blickte jetzt verlegen auf seine Hände. »Seitdem ich das letzte Mal daheim war, denke ich Tag und Nacht an dich und habe oft nach einer Möglichkeit Ausschau gehalten, schnell einmal heimzufahren, und wäre es nur auf eine kurze Zeit gewesen, um dich zu sehen, und hätte es nur aus der Ferne sein können. Was das bedeutet, brauche ich dir wohl nicht zu sagen, aber ich will dir nicht verschweigen, wie es in mir aussieht. Es war schon damals so in mir, als mein Bruder anfing, an den Feierabenden das Fischerhaus aufzusuchen oder dich ins Dorf zum Tanz zu holen. Er hatte eben mehr Courage als ich. Und als ich sah, dass du mehr und mehr Zuneigung zu ihm gefasst hast, da ging ich fort von daheim und in fremden Dienst. Ich erwies damit dem Bruder einen Gefallen, der in mir immer einen Rivalen gesehen hat, und auch meinem Vater, der sich für jedes gute Wort, das er mir sagte, anstrengen musste. Sein Lieblingssohn war halt immer der Simon.«

Er stand auf und sprang an Land.

»Nun weißt du alles und kannst dir überlegen, ob du mit mir zu den Schreckhornwänden aufsteigen willst. Wenn ja, machst du mich sehr glücklich, wenn nein – nun ja, dann kann und will ich dich nicht dazu zwingen. Jedenfalls werde ich hier an diesem Platz auf dich warten, bis du herübergerudert kommst – oder auch nicht. Und jetzt – gute Nacht, Anna! Grüß deinen Großvater von mir!«

Er verschwand in den dunklen Bäumen, ohne sich noch einmal nach ihr umzuschauen.

Anna ruderte zurück zum Haus. Ihr Herz schlug rasch und heftig. Was dieser zweite Sohn Jakobers so offen bekannt hatte, war für sie sehr aufregend gewesen. Vielleicht hätte sie vor einem Jahr noch darüber gelacht, heute lachte sie nicht mehr. Bei diesem Thomas Jakober schon gar nicht. Er war viel zu ernst, zu scheu und zurückhaltend, vielleicht auch sogar zu stolz. Man musste seine Worte so nehmen, wie sie waren: aufrichtig und ehrlich.

Sie hatte oft an ihn denken müssen – und gar manchmal schon hatte sie ihn herbeigesehnt, wenn sie sich vor ihrem Schicksal fürchten wollte. Jetzt war er da, schon am ersten Abend hatte er sie gesucht. Am Sonntag würde sie mit ihm zu den Schreckhornwänden aufsteigen. Nichts konnte sie davon abhalten! War das die Liebe?

Erregt schlug sie die Ruder in den schwarzen See und stieß den kleinen Kahn weiter. Was war es dann mit Simon gewesen? Nein, sie hatte ihn nicht geliebt, es war doch nur eine Schwärmerei gewesen.

Sie hatte Thomas zu wenig beachtet. Und er hatte sie geliebt. Wie lange wohl schon, ohne dass sie es bemerkt hatte? Aber dahinter stand der Schatten des alten Jakober. Er war der Feind ihres Hauses – warum bloß?

Langsam tauchte das Haus aus der Nacht auf. Schwarz zeichneten sich die Umrisse ab. Noch brannte kein Licht. Der Großvater saß wohl noch auf dem Bänkchen.

Nein, jetzt fand sie seine Gestalt auf dem Steg. Er wartete auf sie. Sie rief ihm freudig zu, ruderte an den Pflock heran und kettete den Kahn fest.

»Wo bleibst du denn so lang?«, fragte er tadelnd.

»Ich hab jemand getroffen, Großvater.«

»Getroffen? Auf dem See?«

Sie lachte. »Nein, drüben am Bergufer.« Sie sprang auf den Steg und umarmte den alten Mann so stürmisch, als wäre sie von einer Weltreise heimgekehrt. Ihren Arm unter den seinen geschoben, zog sie ihn hinein ins Haus.

Sie ging voran in die Stube und schloss das Fenster, damit nicht die Mücken und Nachtfalter hereinschwirrten, wenn sie jetzt das Licht anmachte. Der Alte tastete sich im Dunkel zum Sofa und ließ sich auf seinem Platz nieder, der sich durch die zusammengehockten Federn abzeichnete.

»Der Jakober Thomas ist wieder daheim«, sagte sie und machte das Licht an.

Aber kaum war es hell in der Stube, blieb sie erschrocken stehen und schaute auf die Gestalt, die unbeweglich in der Ecke zwischen der Tür und dem Fenster stand. Auch der Alte warf seinen Kopf danach herum. Sie hatten nichts davon bemerkt, als sie die Stube betraten.

Es war Simon Jakober. Er musste sich hereingeschlichen haben, während der Alte draußen am Steg stand und auf den Kahn wartete.

Anna wollte das Herz stehen bleiben vor Schreck. Sie öffnete den Mund, brachte aber kein Wort hervor. Sie schaute in die funkelnden Augen, auf das zerraufte Haar und in das verstörte Gesicht des jungen Bauern. Sie ahnte, dass eine Katastrophe im Anzug war.

Am Sofa krachten die Federn. Der Alte war aufgestanden.

»Was willst du denn hier?«, fragte er barsch, aber seine Stimme bebte.

»Von dir nichts, Janiser. Bleib ruhig sitzen!«, entgegnete der Bauer, ohne das Mädchen aus seinen irren Augen zu lassen.

»Dann schau, dass du wegkommst! Oder bist du betrunken, dass du nicht mehr weißt, was du tust?«

»Ich will nur mit Anna etwas besprechen.«

»Da gibt es nichts mehr zu besprechen. Es ist bereits zu viel gesprochen worden! Geh heim und schlaf deinen Rausch aus!«

»Ich bin nicht besoffen!«, schrie der Bauer.

»Was dann? Vielleicht verrückt? Wie kannst du dich nur unterstehen, da hereinzukommen und die Leute zu erschrecken?«

»Ja, du hast Recht, ich bin verrückt!«, antwortete Simon mit einem entstellenden Lächeln. »Es gibt nur noch das Eine für mich, meinen Verstand und meine Sinne zu betäuben, und müsste ich meinen ganzen Hof versaufen! Mein Vater, der Erzkuppler, weiß nicht, was er mit mir angestellt hat! Es kann auch sein, dass er es weiß, aber das interessiert ihn nicht. Für ihn gibt es nur den Hof, Geld und wieder Geld – Ansehen und Gewalt über alle Menschen!«

»Was redest du da? Mach das mit ihm selbst aus, solange er noch am Leben ist! Denk an deine Frau, die an dir verzweifeln könnte!«

»Hör mit meiner Frau auf!«, schrie Simon, und seine Augen funkelten bösartig auf. »Man hat mich zu Grunde gerichtet, alle haben dazu geholfen!«

»Was bist du bloß für ein erbärmlicher Mensch!«, rief der alte Janiser verächtlich. »Hier in dieser Stube war es, mit meinen eigenen Ohren hab ich es mit angehört, als du großsprecherisch meiner Anna deinen Schwur abgelegt hast, lieber alles zurückzulassen, als auf ihre Liebe zu verzichten. Ich habe euch damals beide gewarnt, denn ich kenne diese Schwüre! Ich wusste, wie leicht du ihn befinden würdest, wenn der Hof in die Waagschale geworfen würde. Ohne mit einer Wimper zu zucken hast du dann diesen Schwur gebrochen, und meine Anna weiß heute, wie glücklich sie sich schätzen kann, dass du's getan hast. Niemand von uns trug dir etwas nach. Du hast heute deinen Hof, du hast eine brave und tüchtige Frau. Lass uns also in Ruhe und komm nie mehr hierher!«

»Ich kann nicht!«, schrie der junge Bauer, am ganzen Körper zitternd. »Und wenn ich mich vor der ganzen Welt in Schande bringe und vor den Augen Gottes verdammt werde, ich liebe die Anna und nur sie, solange ich lebe!«

»Du bist ein Narr, Simon! Was du gesagt hast, wollen wir beide nicht gehört haben. Dein Unglück wird deswegen nicht kleiner, wenn du auch noch andere mit hineinziehst! Und jetzt verlasse das Haus!«

»Nein! Ich habe mit Anna zu reden, nicht mit dir, du alter Widersacher!«

»Gut, dann lass es dir von Anna selbst sagen, was sie heute von dir hält. Sag ihm, dass du ihn nicht liebst und nie geliebt hast!«, sagte Janiser, an seine Enkelin gewandt.

»Das ist nicht wahr!«, brüllte Simon mit entstelltem Gesicht.

»Wenn sie auch in deinen Augen nur ein armes Fischermädchen ist, mit dem du glaubst machen zu können, was du willst, gilt ihr die Ehre doch weit mehr als dir und deiner ganzen Sippe. Und damit ist alles gesagt. Also – hinaus mit dir!«

»Anna! Rede!«, schrie Simon wie von Sinnen.

»Bitte geh!«, sagte sie und wandte sich ab.

Er wollte ihr nachgehen, aber der Alte vertrat ihm den Weg. Da packte Simon den alten Mann und schleuderte ihn krachend gegen die Wand, wo er zu Boden sackte und stöhnend liegen blieb.

Mit einem Aufschrei sprang Anna auf den Großvater zu und versuchte ihn aufzurichten. Es gelang ihr nur mit großer Mühe, ihn zum Sofa zu bringen und dort niederzulassen. Ihre Augen funkelten jetzt voll Entrüstung und Verachtung nach dem jungen Jakober. »Mörder!«, schrie sie. »Willst du, dass morgen die Polizei in dein Haus kommt? Ich verachte dich!«

Sie schlang aufweinend die Arme um den Großvater, der vor Erregung bleich geworden war wie ein Toter. Er hatte sich wohl sehr weh getan, denn er griff stöhnend an sein Kreuz.

Da fiel die Tür zu. Simon war gegangen. Anna lief hinaus und legte vor der Haustür den schweren Riegel vor.

12

Der alte Jakober hatte sich von seinem schweren Herzanfall so weit erholt, dass er stundenweise aufstehen und ein wenig herumgehen konnte. Wenn das Wetter gut war, setzte er sich hinaus auf die Hausbank, solange der Schatten darauf fiel. Die junge Bäuerin kümmerte sich sehr um ihn und tauchte mehrmals am Tag auf, um nach ihm zu schauen, obwohl es gerade jetzt auf dem Hof viel Arbeit gab.

An den Feierabenden war Thomas dann bei ihm. Er schlief gleich in dem Zimmer nebenan, und wenn der Vater nach ihm rief, war er sofort da. Thomas merkte, dass es nicht mehr die Krankheit allein war, die den alten Mann mehr und mehr aufzehrte. Es waren schwere Sorgen, die ihn bedrückten und über die er nicht sprechen wollte.

Diese Sorgen bereitete ihm Simon, der Jungbauer. Es dauerte lang, bis er endlich so viel Vertrauen zu seinem zweiten Sohn gefasst hatte und vor ihm sein Herz ausschütten konnte.

Das geschah am Sonntagabend. Am Nachmittag war der Riedinger da gewesen, um seinen Krankenbesuch zu machen und den alten Freund und Schwiegervater seiner Tochter ein wenig aufzumuntern. Auch Barbara war anwesend gewesen. Man hatte über die Arbeit, die Ernteaussichten und später über alle Neuigkeiten, die es so im Dorf gab, gesprochen.

Es fiel nicht weiter auf, dass der junge Bauer abwesend war. Gerade an den Sonntagnachmittagen gab es manches zu erledigen, wozu man an den Werktagen nicht kam. Außerdem gehörte es sich, dass man sich am Biertisch über alle Fragen und Probleme aussprach und orientierte.

Barbara begleitete ihren Vater noch ein Stück auf seinem Heimweg. Sie blickten über die blühenden Fluren hin, die alle zum Jakoberhof gehörten und einen stolzen Besitz darstellten. Und darum allein schien es dem Riedinger zu gehen. Zufrieden stellte er fest, dass alles in schönster Ordnung war. Nur dass der Stammhalter so lange auf sich warten ließ, schien ihn etwas zu beunruhigen.

»Nun ja, ihr seid ja beide noch jung«, tröstete er sich. »Etwas Gutes braucht eben seine Zeit.«

Als Barbara zurückgekehrt war und noch einmal nach dem Kranken schaute, der sich inzwischen niedergelegt hatte, beobachtete er ihr Gesicht. »Du hast deinem Vater doch nicht etwa gesagt, was los ist?«, fragte er schließlich.

»Nein.«

»Hat er nichts gefragt? Ich fürchte, dass man im Dorf schon darüber spricht.«

»Entweder hat er noch nichts gehört, oder er nimmt es nicht ernst. Mancher Bauer, der es sich leisten kann, trägt ab und zu einen kleinen Rausch heim.«

»Ja, ab und zu! Weißt du, wo er heute wieder hingegangen ist?«

»Nein.«

»Und Thomas ist auch nicht da!«, bemerkte er.

»Der ist zu den Schreckhornwänden hinaufgestiegen.«

»So ein Narr! Kann er sich während der Woche nicht genug ausarbeiten?«

»Er hat halt seine Freude daran. Ich wünschte, der Simon hätte sie auch!«

Der Alte nickte sorgenvoll. »Hast du mit Thomas schon darüber gesprochen – ich meine, weiß er, wie es mit euch steht?«

»Wir haben noch nicht gesprochen, aber ich denke, dass er es längst gemerkt hat.«

Es fing an zu dunkeln, als Thomas von seiner Bergtour heimkam. Die Bäuerin hatte das Abendessen für ihn warm gestellt, das er gleich am Küchentisch aß.

»Bitte entschuldige, Barbara, dass ich mich verspätet habe«, sagte er.

»Das macht nichts, Thomas!«

»Es war doch weiter, als ich gedacht habe.«

Er sah wirklich abgeschlagen aus. Obwohl er sich gewaschen und erfrischt hatte, bevor er die Küche betreten hatte, sah man ihm die Erschöpfung an.

»Man ist nichts mehr gewöhnt«, fuhr er fort. »Früher hab ich die Schreckhornwände spielend gepackt. Wie geht es dem Vater heut?«

»Ganz gut. Mein Vater war da, und der Besuch hat ihn ein wenig ermüdet.«

»Mein Bruder ist nicht daheim?«

»Nein.«

»Wo ist er denn?«

»Das kann ich dir nicht sagen.«

»Du weißt nicht, wo dein Mann ist?«

»Neuerdings geht er öfter in die Nachbardörfer«, war ihre Antwort.

»Warum das?«

Sie zuckte die Schultern.

»Seit ich da bin, hat er noch keine zehn Worte mit mir gesprochen. Ich habe sogar den Eindruck, als wäre es ihm gar nicht recht, dass ich hier helfe.«

»Doch, es ist ihm gewiss recht, wir brauchen ja eine Hilfe. Aber er ist halt komisch.«

Er schaute sie an. »Zu dir auch?«

»Ich bin es schon gewöhnt.«

»Was bist du gewöhnt, Barbara? Dass er nicht mit dir spricht?«

»Wir wollen nicht darüber reden, Thomas. Es wird schon noch anders werden.«

Thomas trat hinaus und stand unter den Bäumen. Er war heute selbst lustlos und missmutig. Zwei Stunden hatte er vergeblich am Bergufer auf Anna gewartet. Er wollte nicht glauben, dass sie nicht kommen würde, obwohl sie es ihm versprochen hatte.

Der alte Janiser hatte es wohl nicht erlaubt. Aber warum nicht? Weil er ein Jakobersohn war?

Planlos war er am Berg herumgestiegen, ohne jede Freude. Immer wieder hatte er auf den Schwarztannsee hinabgeschaut, ob nicht ein Kahn darauf schwamm.

Aber nichts hatte sich gerührt. Noch bevor er in die Felswand eingestiegen war, war er umgekehrt und talwärts gelaufen, um abermals ein paar Stunden am Bergufer zu warten, ob denn nichts zu sehen wäre. Aber das alte Fischerhaus lag wie ausgestorben da. Und als die Dämmerung einfiel, hatte er gewartet, ob ein Licht in einem der Fenster aufginge. Aber es war alles dunkel geblieben.

Morgen Abend wollte er das Fischerhaus aufsuchen. Er musste wissen, was dort los war ...

Hinter ihm ging die Tür. Die junge Bäuerin trug den Küchenabfall zum Komposthaufen. Er näherte sich ihr. »Kann ich noch etwas helfen?«

»Nein. Ich bin für heut schon fertig. Die Leute sind sogar schon im Bett.«

»Ich gehe auch. Gute Nacht, Barbara.«

»Schau noch zum Vater hinein!«, rief sie ihm nach.

Thomas betrat das Stübchen und machte das Licht an. Der Vater lag angekleidet auf dem Sofa und blinzelte ihm mit geblendeten Augen entgegen.

»Was ist, Vater? Warum liegst du hier im Dunkel?«

»Nichts ist, ich muss eingeschlafen sein«, antwortete der Alte und richtete sich auf.

»Dann geh doch ins Bett.«

»Gleich. Ich habe noch auf dich gewartet. Weißt du nichts Besseres mit dem Sonntag anzufangen, als in den Schreckhornwänden herumzusteigen?«

»Das mache ich zu meinem Vergnügen, Vater.«

»Ein komisches Vergnügen, wenn man den ganzen Tag arbeitet wie ein Pferd! Hättest du dich doch ein wenig aufs Ohr gelegt!«

»Das mache ich erst, wenn ich ein alter Mann geworden bin«, scherzte Thomas.

»Das wird man, ehe man sich's denkt. Aber setz dich, ich hab mit dir noch ziemlich ernste Dinge zu besprechen.«

»Heut noch? Du solltest schlafen, Vater! Morgen ist auch noch ein Tag!«

»Da kann es bereits zu spät sein.«

»Wieso zu spät?«

»Es kann einmal schnell mit mir zu Ende gehen, ich hab es ja gesehen. Solange man jung und gesund ist, meint man, man hätte noch tausend Jahre vor sich. Man schafft und rafft und denkt nicht daran, dass man alles einmal zurücklassen muss. Es geht ja noch, wenn man sich sagen kann, dass es in der Familie bleibt. Aber wenn man fürchten muss, dass mit den Jahren alles vergeudet ist, was man mühsam zusammengetragen hat, da bebt einem die Erde unter den Füßen. Kurz gesagt: –« Er atmete mit einem herben Seufzer auf. »Es ist kein Glück mehr auf dem Jakoberhof. Dein Bruder ist ein Taugenichts, ein Säufer und ein Widerling.«

Er hob den Kopf und schaute seinem Sohn mit finsterer Stirn ins Gesicht.

»Ich weiß schon, was du jetzt gern erwidern möchtest: dass ich recht spät zu dieser Erkenntnis gekommen bin, dass es für mich früher nur den Simon gab, dem ich jede Lumperei, jedes Schelmenstück, ja sogar die verdammte Liebschaft mit dem schwarzhaarigen Fischermädchen durchgehen ließ. Du hast Recht, mir den Vorwurf zu machen, dass ich dich vernachlässigt habe. Freilich, ich konnte nur einem den Hof übergeben, und im Allgemeinen ist das der Älteste. Das allein war aber nicht der Grund, warum ich so zur Übergabe gedrängt habe. Ich wollte ihn losreißen von dem Frauenzimmer aus dem Fischerhaus, bevor er sich selbst und uns alle in Spott und Schande bringt.«

Thomas horchte auf, aber er schwieg.

»Was hab ich damit erreicht?«, fuhr der Alte mutlos fort. »Man hat eine Ehe gestiftet, die vorn und hinten nichts taugt. Ich habe den furchtbaren Verdacht, dass heute noch dieses Janisermädchen dahintersteckt. Er kommt nicht von ihr los und vernachlässigt dabei seine Frau. Keinen Abend ist er daheim, an keinem Sonntag. Wir haben uns alle eingesetzt, dass er in den Gemeinderat kommt, um die Tradition unseres Hauses fortzuführen. Heut werden bereits Klagen laut, dass er sich untragbarer Versäumnisse schuldig macht. Mir tut nur die Barbara Leid, denn sie hat den besten Willen und die größten Hoffnungen mitgebracht. Sie schweigt zu allem, erträgt seine Quälereien und wartet und wartet. Sie hat mich in meiner Krankheit gepflegt, wie es eine eigene Tochter nicht besser und aufopfernder tun könnte. Das ist auch der Grund, warum ich dich heimgerufen hab, damit die Barbara jemanden an der Seite hat, der sie unterstützt, ihr hilft und sie beschützt, wenn ich heut die Augen zumache. Ich werde in meinem Testament dafür sorgen, dass du keinen Schaden erleidest. Aber Simon muss auf den Weg der Ehre, der Pflicht und Rechtschaffenheit gebracht werden. Er muss den Weg zu seiner Frau finden, und das wird erst dann geschehen sein, wenn drüben einmal ein neugeborener Jakober schreit.«

Er musste sich verschnaufen. Nicht allein die lange Rede hatte ihn in Atemnot gebracht, sondern vor allem die Erregung.

Es entstand eine lange Pause.

»Ich habe es geahnt, Vater, dass so etwas vorgeht«, sagte Thomas in das Schweigen. »Aber was kann ich denn tun?«

»Ich selbst kann nicht mehr viel tun. Ich bin heut ein kranker Mann. Und es widerstrebt mir, den Riedinger in diese Dinge einzuweihen, er wird sie sowieso früh genug erfahren und seine Tochter zurückholen. Aber was wird dann aus dem Hof werden? In einem Jahr ist er beim Teufel!«

Thomas war aufgestanden und schritt nun in heftiger Erregung auf und ab.

»Setz dich hin! Ich bin noch nicht fertig. Dein Laufen stört mich!«, sagte der Alte.

Der Sohn setzte sich wieder. »Man hätte diese Hochzeit nicht so kurzfristig ansetzen dürfen, Vater!«, sagte er.

»Ach was! Was ein richtiger Mann ist und ja gesagt hat, kann nicht hinterher sein Wort brechen! Wozu lange warten, wenn es schon sein soll und muss!«

»Hat er wirklich ja gesagt, Vater?«

»Das hat er.«

»Du hast keine Bedingungen gestellt?«

»Bedingungen? Ich wollte, dass er Barbara heiratet und nicht irgendein anderes dahergelaufenes Mädchen. Das war meine Bedingung. Heute nennt er es eine Kuppelei!«

Thomas schwieg.

Der Alte fuhr sich mit seiner schweren Hand über den Kopf. »Ich weiß nicht, ist es ein Glück oder Unglück, dass Barbara ihn trotz allem liebt.«

»Wie soll es jetzt weitergehen?«, fragte Thomas.

»Es geht weiter, weil es weitergehen muss. Ich habe versucht, dem alten Janiser seine Hütte mit dem Wasserrecht abzukaufen, bloß, dass ich die Leute hier fortbringe. Es wäre vielleicht alles gut geworden, wenn dieses Frauenzimmer ihm nicht mehr vor den Augen herumliefe. Aber was kann ich von dem alten Widersacher anderes erwarten als Trotz und Spott. Im Stillen freut er sich, dass ein solches Unglück über den Jakoberhof gekommen ist.«

»Das glaub ich nicht, Vater!«

»Er hätte freilich recht gern gesehen, wenn das Mädchen auf den Jakoberhof geheiratet hätte. Ausgerechnet die! Nichts haben, aber sich aufputzen wie eine Zirkusreiterin! Das Haus fällt ihnen bald über dem Kopf zusammen, kein Wunder, wovon sollen sie denn leben, seitdem der Alte nimmer fischen kann! Und sie ist zu nobel dazu! Bäuerin vom Jakoberhof hätt sie werden wollen! Und unser Depp hätt sie auch geheiratet! Solange die beiden da drüben sind, gibt es jedenfalls keinen Frieden bei uns!«

»Ich glaube nicht, dass das Mädchen eine Schuld daran hat!«, warf Thomas ein.

»Was weißt denn du? Ich habe schon mit ihren Eltern zu tun gehabt!«

»Ach! Kommst du wieder mit dem uralten Prozess?«

»Da waren noch ganz andere Dinge! Es ist ein Fluch auf diesem Fischerhaus! Was würdest du sagen, wenn ich dir erzähle, dass dasselbe Theater, wie wir es heut mit Simon erleben, sich schon einmal am Schwarztannsee abgespielt hat? Und zwar mit mir! Bloß war ich kein so blöder Sack wie dein Bruder. Ich hab gewusst, was ich meinem Stolz und meiner Standesehre schuldig bin! Ja, ja, es ist schon so! Da magst du mich mit noch so großen Augen anschauen!«

Er schwieg und richtete seinen Blick auf den Lampenschirm, um den ein dicker Nachtfalter kreiste und geräuschvoll gegen die Schale plumpste. Das Weiße in seinen Augen schimmerte bös auf.

»Erzähle weiter, Vater!«

Sie kreuzten kurz die Blicke. »Ich habe nie darüber gesprochen, aber du sollst es wissen, Thomas. Nur du!«

Thomas ließ ihn nicht aus den Augen, bis der Vater endlich zu sprechen begann, fast flüsternd.

»Die alten Fischersleute, die ich von Kindheit auf kannte, der alte Mortauer, ein komischer Kauz, und seine zarte Frau, die schon in jungen Jahren schneeweiße Haare hatte, lebten mit uns noch in guter Nachbarschaft. Sie hatten zwei Kinder, einen Sohn und eine Tochter. Ich bin damals mit dem Sohn eingezogen worden, als der Krieg ausbrach. Die Tochter war um mehrere Jahre jünger, schwarzäugig wie eine Zigeunerin und voller Leben. Das Singen und Tanzen muss ihr im Blut gelegen haben. Aber das Brot reichte bei ihnen nicht aus, und so kam sie fort in den Dienst zu einem Bauern. Wie es halt so geht, ich hab mich in dieses Mädchen verliebt. Ich bin ihr nachgefahren, sooft ich nur konnte, solange ich noch in der Kaserne war. Später hab ich ihr noch ein paar Mal vom Feld aus geschrieben, und sie hat mir darauf geantwortet. In meinem Urlaub wollte ich sie besuchen, aber sie war inzwischen verzogen. Also musste ich wieder fort, ohne dass wir uns gesehen hatten.«

Der Alte machte eine Pause und schloss dabei die Augen.

»Eines Tages bekam ich von daheim die Nachricht, dass mein Vater schwer verunglückt sei. Er war von einem Pferd getreten worden. Darauf bekam ich einen Sonderurlaub, da meine Mutter darum gebeten hatte. Weil sonst niemand mehr zur Arbeit da war, wurde ich vom Militärdienst freigestellt. Fast ein halbes Jahr noch siechte der Vater dahin, ohne dass ihm geholfen werden konnte. Er war ein völliger Krüppel, konnte weder gehen noch stehen. Die Mutter musste ständig bei ihm sein. Es gab für uns nur noch eine Rettung: Ich musste den Hof übernehmen und heiraten. Und so kam eure Mutter hier in das Haus. Sie war eine brave, tüchtige Bäuerin, Gott hab sie selig!«

Er hatte sich nun ganz in seine Erinnerungen verloren und schaute eine Weile mit gesenktem Kopf vor sich hin auf den gescheuerten Boden. Thomas schwieg und wartete.

Der Alte atmete abermals mit einem herben Seufzer auf. »Kurz bevor der Krieg zu Ende ging, bekamen die alten Mortauers noch die Nachricht, dass ihr Sohn gefallen sei«, fuhr er dann fort. »Daran muss das Herz der Frau zerbrochen sein, denn sie fing an zu kränkeln und starb. Der alte Mortauer war nun allein. Immer noch stand er in seinem Kahn und warf die Netze ins Wasser. Der Hunger hatte ihn zu einem völligen Gerippe gemacht. Meine Frau schickte öfters eine Haushälterin mit einem Esskorb hinüber zum Fischerhaus, damit er nicht ganz an Kräften verlor. Und eines Tages sah man dann einen jungen Mann im See fischen. Die Tochter war heimgekehrt, sie hatte inzwischen geheiratet und Mann und ein Kind mitgebracht. Es waren also jetzt neue Leute im Fischerhaus. Janiser nannten sie sich und lebten recht zurückgezogen. »

Jetzt funkelten die Augen des Alten auf. »Ich weiß noch, wie es mich erstaunt hat, als ich meine ehemalige Geliebte zum ersten Mal wiedersah. Sie war noch schöner geworden, als sie in der Jugend gewesen ist. Ich wusste, dass die Leute vom Fischerhaus hart arbeiten mussten, um sich durchzubringen. Der Mann war zuvor irgendwo Arbeiter gewesen. Und was kann sich so einer schon schaffen und sparen! Als der alte Mortauer tot auf dem Weg gefunden wurde – ihn hatte beim Kirchgang ins Dorf der Schlag getroffen –, wurde ich zu Hilfe gerufen. Mit dem Janiser schaffte ich den Toten heim ins Fischerhaus. Von diesem Tag an kam es zu einem freundschaftlichen und nachbarlichen Kontakt, aber ...«

Er brach ab, als hätte er in seiner Erzählung einen Punkt erreicht, den er nicht berühren wollte und zu umgehen suchte.

Aber Thomas ahnte die Zusammenhänge, und seine Augen wurden größer.

»Nun ja, es sind Fehler gemacht worden, auf beiden Seiten«, begann der Alte wieder. »Gewiss, ich war so wenig ein Heiliger wie andere Männer in diesem Alter. Man verliert einmal die Überlegung, aber dieser Janiser vergaß, wer ich war! Mein Wort hatte in der Gemeinde Geltung und Gewicht, mein Hof war zum Musterhof ernannt worden. Was aber dieser dahergelaufene Schwarztannseefischer und ehemalige Bauernarbeiter mich geheißen hat, das hätte er nicht sagen sollen. Mein Stolz war verletzt, und aus der Freundschaft wurde Feindschaft. Ich bekämpfte die Leute mit allen Mitteln, ich machte ihnen sogar das Fischereirecht streitig. Es kam zu einem langwierigen Prozess, durch den ich meine Gegner vernichten wollte, denn womit sollten sie die Unkosten tragen? Sie hatten ja nichts, aber ich konnte jeden Prozess durchhalten. Jahrelang gingen die Prozesshändel weiter, bis in letzter Instanz für meine Gegner entschieden wurde. Ich habe damals den oberen Wald abholzen lassen, um den Verlust tragen zu können, ohne mich an der Substanz des Hofes vergreifen zu müssen.«

Mit einem tiefen Seufzer fuhr er fort. »Der Wald wächst heut wieder nach, der Verlust konnte eingeholt werden. Was aber nicht mehr gutzumachen war, traf mich härter als aller Verlust an Geld und Gut: Deine Mutter war unter diesen Unseligkeiten zerbrochen, und ich musste viel zu früh von ihr Abschied nehmen.«

Der Alte stand jetzt mühsam auf und ging mit schleppenden Schritten zum Fenster, das er einen Spalt öffnete, um die kühle Nachtluft einzulassen.

Thomas saß unbeweglich da. Er wusste nicht, was er darauf sagen sollte.

»Es hat sich furchtbar gerächt«, fuhr der Alte fort, und seine Stimme klang fern. »Eine Lawine vom Heuberg brachte den beiden den Tod. Und ich fürchte, dass nun auch der Jakoberhof an der Reihe ist. Ich war nicht ohne Schuld – und da es heißt, alle Schuld rächt sich auf Erden, wird es nun auch über mich kommen. Aber kein Lawinentod, der das Leben auslöscht wie ein Kerzenlicht: Ich werde mit eigenen Augen sehen müssen, wie der Hof zu Grunde geht. Deshalb durfte ich noch nicht sterben. Unschuldig daran ist allein Barbara ...«

Er brach ab und riss das Fenster weit auf. Laute Stimmen kamen aus der Nacht. Es hörte sich an, als hätte jemand aufgeschrien.

Auch Thomas hatte es vernommen und stand beim Vater am Fenster. Vom Hof herüber schimmerte ein Licht, es kam aus dem Stubenfenster.

»Er muss eben heimgekommen sein«, sagte der Alte.

»Wer hat denn geschrien?«

»Sicher ist er wieder besoffen.«

»Ich schau nach, Vater. Geh du inzwischen ins Bett!«, erwiderte Thomas fürsorglich.

Der Alte nickte. Als der Sohn aber weggehen wollte, fasste er ihn am Arm und hielt ihn zurück. »Was ich dir heute erzählt habe, war für dich. Nur für dich!«, flüsterte er erregt. »Ich musste es sagen, denn ich halte es nicht aus! Ich verlange von dir nicht, dass du es vergessen sollst wie ein Pfarrer im Beichtstuhl, aber verdamme mich nicht mit Stumpf und Stiel, Thomas! Denke nicht schlechter von deinem Vater als er ist. Es kann eben keiner aus seiner Haut, auch wenn er's manchmal möchte!«

Thomas ging unter den dunklen Bäumen zum Hof hinüber. Er befand sich in höchster Erregung. Was ihm der Vater anvertraut hatte, würde ihn noch tagelang beschäftigen und ruhelose Stunden bereiten. Nun wusste er, was die Eltern Annas, vor allem wohl aber ihre Mutter, unter dem gewalttätigen, erbarmungslosen Bauern vom Jakoberhof erdulden hatten müssen.

Und auch seine eigene Mutter ...

Sein Blick fiel auf das beleuchtete Stubenfenster. Ein Schatten strich daran vorbei. Die brüllende Stimme seines Bruders riss ihn aus seinen Gedanken. Er sprang auf die Tür zu, betrat das Haus und eilte den Gang entlang zur Stube.

Der junge Bauer stand unter dem Licht und hatte einen Schuh in der Hand, den er wohl gerade ausgezogen hatte. Sein Gesicht war verschwitzt und krebsrot, die Haare zerrauft. Die Augen waren blöde auf die Tür gerichtet.

Die Bäuerin lehnte am Tisch mit bleichem Gesicht, dessen linke Seite einen brennend roten Fleck zeigte. Sie wandte sich sofort ab und wischte sich mit dem Taschentuch über Mund und Nase, als wollte sie ihr Aussehen verbergen.

»Was willst denn du hier?«, fuhr Simon den Bruder an. »Schau, dass du rauskommst, es hat dich niemand gerufen!«

An der schweren, lallenden Zunge merkte man, dass er betrunken war.

»Wie führst du dich auf, du Idiot! Damit weckst du die Leute im Haus!«, tadelte Thomas. »Schämst du dich denn nicht?«

»Was geht dich das überhaupt an?«

»Das geht jeden Menschen an, der noch etwas auf Sitte und Anstand hält!«

»Sitte und Anstand! Das musst ausgerechnet du mir predigen! Du! Du Schleicher! Machst dich wohl jetzt hinter den Vater, der dir weiß Gott welche Schauergeschichten über mich erzählt? Aber es ist zu spät, Bruder! Der Bauer hier bin ich, und als solcher jage ich dich hinaus! Hörst du?«

Thomas ließ ihn reden und näherte sich der Bäuerin, die immer noch abgewandt am Tisch stand. »Barbara!«

Als sie ihm ihr Gesicht nicht zeigen wollte, griff er nach ihrem Arm und drehte sie herum. Ihre Augen standen voll Tränen. Auf ihrer Oberlippe entdeckte er Blut, das aus der Nase tropfte. »Hat er dich geschlagen?«

Sie schüttelte nur den Kopf, aber er wusste, dass sie log.

»Doch, er hat dich geschlagen!«, rief er entsetzt. »Was bist du denn für ein Dreckskerl?«, schrie er voll Wut seinen Bruder an.

Der lachte grob auf. »Mische dich nur nicht in meine Angelegenheiten ein! Was weißt du schon von der ganzen Niedertracht, mit der man mich mit der da verkuppelt hat? Sie soll wieder gehen, wenn es ihr bei mir nicht passt, aber ich tu, was ich will! Und kein Mensch soll sich unterstehen, mir etwas vorzuschreiben!«

»Nein, sie wird nicht gehen!«, schrie Thomas und ging drohend auf ihn zu. »Sie hat hier dasselbe Recht wie du! Und solltest du dich noch einmal so weit vergessen, werfe ich dich zum Haus hinaus, dann kannst du deinen Rausch auf dem Misthaufen ausschlafen!«

»Du? – Rühr mich bloß nicht an! Freilich ergreifst du ihre Partei, bist ja froh, dass ich mit ihr verheiratet wurde. Jetzt kannst du dich um das Fischerhaus schleichen«, höhnte er. »Vielleicht hat der Vater bei dir gar nicht so viel dagegen, wenn du statt meiner die schwarze Katz aus dem Nest holst!«

»Du bist der letzte Dreck, Simon!«, zischte Thomas und ohrfeigte ihn von rechts und links, dass er nur noch so hin und her fiel. Barbara schrie auf und lief davon.

»Das – das werde ich dir nie vergessen«, knirschte Simon mit hasserfülltem Blick.

»Hoffentlich nicht, denn sooft du in diesem Zustand heimkommst und gar noch deine Frau schlägst, serviere ich dir diese Tracht Prügel! Und jetzt leg dich aufs Sofa und schlaf deinen Rausch aus!«

»Wir rechnen ab!«

»Morgen oder wann du sonst willst, jetzt leg dich aber hin! Oder soll ich dich hinwerfen?«

Thomas machte in der Tat Anstalt, nach ihm zu greifen. Da zog Simon es vor, sich selbst auf dem Sofa auszustrecken. Nach kurzer Zeit schon war er eingeschlafen.

›Wie ein Kind, das man zuvor übers Knie legte!‹, dachte Thomas verächtlich. Simon schnarchte. Thomas löschte das Licht und verließ die Stube. Auf der Stiege, im Licht, das vom ersten Stock herabfiel, stand Barbara. Ihre Augen waren ängstlich auf ihn gerichtet.

»Geh in dein Bett, Barbara«, sagte er. »Er schläft jetzt.«

»Es war furchtbar!«, klagte sie. »Er ist heut schon so wütend heimgekommen.«

»Man muss ihm jetzt zeigen, wo es langgeht, und das will ich tun.«

»Er wird es sich nicht gefallen lassen!«, fürchtete sie.

Er winkte geringschätzend ab. »In Wirklichkeit ist er wie ein Kind. Lass mich nur machen, Barbara. Ich bringe ihn schon noch hin. Und jetzt schlaf gut!«

Auch der Vater war noch auf und wartete auf Thomas.

»Was war denn?«, fragte er, als der Sohn endlich zurückkam.

»Das Übliche. Er ist wieder betrunken.«

»Ja, es ist wirklich schrecklich!«, stöhnte der Alte.

13

Anna war im Dorf gewesen, um einige Besorgungen zu machen. Von der Kirche her kam das Mittagsläuten und klang weithin durch das Tal. Die Sonne stach vom Himmel herab. Sie setzte den breitrandigen Strohhut ins Haar, um sich vor den sengenden Strahlen zu schützen.

Bevor sie die Felder des Jakoberhofes erreichte, tauchte der Weg in eine Mulde hinab und führte durch eine hohle Rinne der Seeniederung zu. Hier war es fürchterlich heiß, weil kein Luftzug hereinkam. Ab und zu nur warfen dichte Stauden einen Schatten. Trotzdem war sie froh, dass sie von den Leuten des Jakoberhofes nicht gesehen wurde.

Da sah sie sich plötzlich Thomas gegenüber. Er stand in der Mulde und schien auf sie gewartet zu haben. Sicher hatte er sie bemerkt, als sie auf dem Weg ins Dorf war.

»Du darfst mir nicht böse sein, Anna, aber ich möchte wissen, warum du am Sonntag nicht mit mir gekommen bist. Du hast mir doch versprochen, mit mir zu den Schreckhornwänden aufzusteigen«, sagte er.

»Es tut mir Leid, Thomas, aber es ging nicht. Meinem Großvater ging es nicht gut.«

»Krank?«

»Nein – er ist gestürzt.«

Er bedauerte es. »Geht es ihm wieder besser?«

»Ja.«

»Verschieben wir es auf nächsten Sonntag?«

Sie zögerte. »Versprechen kann ich es dir nicht, aber wenn nichts dazwischen kommt, komm ich zum Bergufer.«

»Jedenfalls warte ich wieder auf dich!«, sagte er erfreut.

Bevor sie auseinander gingen, streckte sie den Kopf über die Böschung. »Hoffentlich begegne ich nicht auch deinem Bruder so wie dir!«

»Nein, er ist heut weggefahren.«

»Du weißt wohl, warum ich ihm nicht begegnen will?«

»Ich weiß es, Anna.«

»Wir müssen einmal darüber reden, Thomas!«

»Ja, am Sonntag, wenn wir zu den Schreckhornwänden aufsteigen. Ja?«

Sie schlug in seine dargebotene rechte Hand ein.

Heute wollte sie dem Großvater endlich sagen, was sie so glücklich machte und ihr dann doch wieder so schwer auf dem Herzen lag. Freilich, er würde und musste erschrecken, wenn sie ihm gestand, dass sie liebte – und vor allem wen sie liebte! Aber sie durfte vor dem alten treuen Mann keine Geheimnisse haben.

Der alte Jansier saß auf seinem gewohnten Platz auf dem Sofa. An der Sonnenseite hatte er die Fensterläden zugezogen, damit es nicht so heiß wurde im Stübchen.

»Ich weiß nicht, hab ich's dir schon gesagt? Der Jakober Thomas ist wieder da!«

»Doch, das hast du mir bereits erzählt. Man wird ihn halt daheim brauchen, nachdem der Alte krank ist und nichts mehr tun kann. Und der andere taugt schließlich nicht sehr viel!«

»Ich soll dir einen schönen Gruß vom Thomas sagen.«

»Den schönen Gruß hat der andere früher auch oft bestellen lassen – stimmt's?«

»Der Thomas ist nicht der Simon! Oder hab ich nicht Recht, Großvater?«

»Beide sind Jakobersöhne!«, murrte er.

»Unter Brüdern gibt es oft große Unterschiede.«

»Allerdings.«

»Ich möchte mit dem Thomas am Sonntag zu den Schreckhornwänden aufsteigen. Hast du etwas dagegen?«

Er wiegte bedächtig den Kopf. »Nein, geh ruhig mit ihm.«

Da schlang sie stürmisch ihre Arme um seinen Nacken und küsste ihn.

»Oho!«, wehrte er ihr. »Ist da deine Freude so groß? Nun ja, du sollst dich auch freuen, aber ...«

»Aber?«, forderte sie ihn mutwillig heraus.

»Aber nicht verlieben! Ich habe nichts gegen den Thomas, doch solange der alte Jakober lebt, würde er dagegen sein, es sei denn, du brächtest ein Bauernanwesen mit, das größer ist als das seine. Sei also gescheit, Mädchen – auch beim Thomas!«

Sie holte die Steingutvase hervor, die auf einem Eckbrett unter dem Kruzifix stand. Die Almrosen ließen die Köpfe hängen. Sie gab ihnen frisches Wasser und stellte sie auf ihren Platz zurück.

»Hast du meinen Brief aufgegeben?«

»Ja, Großvater.«

»Ich hab mir überlegt, dass wir halt doch bald unsere Heimat hier aufgeben sollten«, sagte er plötzlich. »Es ist kein Glück auf dem alten Fischerhaus.«

Sie wandte sich ganz erschrocken nach ihm um. »Wie? Wir sollen unser Haus verlassen? Warum?«

»Ich sage dir, es ist kein Glück auf diesem Haus! Denk bloß an deine Eltern, die vom Lawinentod gepackt wurden. Und wo blieb bis heute dein Glück? Ich bin ein alter Mann, der jeden Tag, den er noch lebt, als Geschenk betrachten muss. Was soll aus dir werden, wenn ich einmal nicht mehr bin?«

»Daran wollen wir nicht denken, Großvater!«

»Ob wir wollen oder nicht, wir müssen daran denken!«

»Als ich damals gehen und mich nach einer Arbeit umsehen wollte, hast du es mir ausgeredet. Weißt du noch?«

»Ich hab nicht geahnt, dass es sich hier einmal so schwer leben lässt!«

»Schwer? Weil der stolze, grobe Jakober uns nicht in seiner Nachbarschaft dulden will?«

»Was geht uns der alte Jakober an?«, warf er gleichmütig hin.

»Oder weil der junge Jakober zu spinnen anfängt? Nein, Großvater, deswegen verlassen wir nicht unsere Heimat, um irgendwo fremd unter fremden Menschen zu leben!«

»Ich habe einen guten Freund drüben in Schwägel. Er ist der Pächter eines schönen und großen Bauernhofes. Er hätte gewiss eine große Freude, wenn ich zu ihm ziehen würde. Ein bisschen könnte ich schon noch arbeiten, und würde ich nur das Vieh hüten und die Hühner füttern, und du wärst eine recht brauchbare Haushälterin, die der Bäuerin an die Hand geht, die Betten schüttelt, die Wäsche macht und am Herd steht. Kennst du Schwägel?«

»Nein.«

»Es liegt genau drüben über den Schreckhornwänden, nur ein kleiner Ort, der nicht einmal einen eigenen Pfarrer hat, und auch zur Schule müssen die Kinder ins Kirchdorf gehen. Aber es ist ein herrliches grünes Tal. Und droben auf grüner Höhe liegt der Sonnscheiderhof, der Bauernhof, den mein Freund als Pächter bewirtschaftet, weil schon lange niemand mehr da ist als eine junge Erbin, die nichts damit anzufangen weiß.«

Er sprach mit einer Begeisterung, als hätte er ein unstillbares Heimweh nach jenem Ort.

»Armer Großvater, ich glaube gar, dich zieht es nach Schwägel!«, sagte sie mit mitleidigem Lächeln. »Bist du dort daheim?«

»Ich war viele Jahre dort.«

»Als Arbeiter?«

Er lächelte wehmütig und nickte. »Ja, als Arbeiter.«

»Auf dem Sonnscheiderhof?«

»Ja, auf dem Sonnscheiderhof.«

»Dort wird sich inzwischen auch viel geändert haben. Vielleicht würde es dir nicht einmal mehr gefallen, und dann bekämst du Heimweh nach dem Schwarztannsee und dem alten Fischerhaus. Meinst du nicht?«

»Kaum.«

»Und doch bist du damals zu mir gekommen!«

»Du hattest ja niemanden mehr als mich.«

»Und du bist Jahr für Jahr bei mir geblieben, hast den Fischer vom Schwarztannsee gemacht, hast mich behütet und für mich gesorgt. Gut, Großvater, wenn es dich nach Schwägel zieht – ich geh mit dir!«

Am Abend, als sie die kleine Küche geputzt hatte und in die Stube kam, führte er sie an den alten Wandschrank, sperrte auf und zog eine Schublade heraus. Dann hielt er einen versiegelten Brief in der Hand.

»Schau, Kind, wenn mit mir einmal etwas sein sollte, sodass ich nicht mehr mit dir sprechen kann, bevor ich meinen Geist aufgebe, hier ist die Abschrift meines Testamentes. Das Original ist beim Notar.«

Sie schaute ihn erschrocken an. »Aber Großvater! Du sollst doch nicht vom Sterben reden! Ich brauche dich doch noch!«

»Das müssen wir dem Herrgott überlassen. Jetzt brauchst du mich noch, und ich bin ja auch noch da. Aber eines Tages wirst du einen Mann haben, der für dich sorgt und dich behütet. Ich bin nur der Fischer vom Schwarztannsee, aber es soll alles seine Ordnung haben.«

Er legte den Brief in das Fach zurück, schloss den Schrank ab und steckte den Schlüssel zu sich.

»Schau, den Schlüssel trage ich immer hier in diesem Täschchen«, sagte er und zeigte ihr den Platz. »Wenn du mich einmal tot finden solltest, was Gott verhüten mag, dann nimm ihn hier heraus.«

Sie wollte nichts davon hören und wandte sich ab. »Ich hab gemeint, wir gehen nach Schwägel, Großvater?«

»Vielleicht erst im Herbst.«

»Warum erst im Herbst?«

»Damit wir kein Winterholz mehr einlegen müssen«, sagte er lächelnd.

»Du bist manchmal so seltsam, Großvater!«

»Seltsam ist die ganze Welt, die Menschen und alles. Aber sei nur zufrieden, es wird alles noch gut werden. – Gehst du zur Kapelle?«

»Es ist schon zu spät. Ich mag nicht gern in der Nacht das Haus verlassen.«

»Hast Recht! Selbst hier an unserem einsamen Schwarztannsee lauert die Gefahr.«

Sie wusste, was er damit meinte.

»Die Leidenschaft ist die Tugend des Teufels, Anna. Die Menschen, die davon befallen sind, werden zu Werkzeugen des Bösen.«

Am Sonntag ruderte Anna zur verabredeten Zeit über den See. Sie hatte sich bergsteigerisch ausgerüstet und trug festes Schuhwerk. An dem Rucksack hatte sie eine Windjacke festgemacht, falls es Regen oder ein Gewitter geben sollte. Um den Kopf flatterte ein buntes Seidentuch. Das Wetter war schön. Über den Bergen lag ein wolkenloser, stahlblauer Himmel.

Thomas Jakober erwartete sie bereits am Bergufer. Er half ihr, den Kahn auf die Steinbank zu ziehen und festzumachen. Auch er war bergtechnisch ausgerüstet.

Mit seiner kräftigen, sehnigen Gestalt und dem sonnengebräunten, markanten Gesichtszügen war er so recht der Typ des gesunden, unerschrockenen Naturburschen, der an harte Arbeit und Strapazen gewöhnt war.

Lange stiegen sie im Schatten der Wälder bergwärts, dann aber brachen ganz plötzlich in wilder Erstarrung und Zerklüftung die Schreckhornwände hervor, hell und flimmernd von der Sonne beschienen, ein zu Felsen erstarrtes, wogendes Meer. Anna stieß bei diesem überwältigenden Anblick einen Ruf der Begeisterung aus.

Nun erst begann ihre eigentliche Arbeit, die Höhen dieses versteinerten Meeres zu erklimmen. Durch die gangbarsten Einrisse der senkrechten Mauern drangen sie von der unteren zur mittleren und von dort hinauf zur oberen Schreckhornwand, kamen an tiefen Felsrichtern vorbei und überschritten die Hochfläche mit ihren merkwürdig gebleichten und wie von Bohrwürmern zerfressenen und durchlöcherten Gesteinsplatten.

Es war für Anna eine fremde, ungeahnte Welt, die sie heute beschritten hatte. Fast furchtsam schaute sie über das öde, vegetationslose Felsmeer hin und lauschte den Erzählungen und Sagen, die ihr Begleiter über diese geheimnisvolle Welt zu berichten wusste.

Ermüdet und erschöpft erreichten sie die Schartenhütte. Das war ein roh gezimmerter, alter Holzriegelbau, vom Wetter etwas beschädigt, aber mit festen Balken dem Verfall trotzend. Diese Hütte hatte früher den Pferde- und Kuhhirten bei Unwettern als Unterschlupf gedient. Heute wurde sie gelegentlich von Touristen aufgesucht, die auf ihrer Bergwanderung eine kurze Rast einlegen wollten. In der Hütte war nichts weiter als ein grob gezimmerter Tisch mit in die Erde versenkten Füßen und eine schmale Bank.

Durch das Rückfenster vermochte man in das jenseitige Tal hinabzuschauen, mit seiner grünen Vegetation und einem Dörfchen in weiter Ferne.

Hier machten nun auch die beiden Bergsteiger Rast und stärkten sich durch einen kräftigen Imbiss aus dem Rucksack. Anna konnte sich nicht satt sehen und ließ keinen Blick vom Fenster, das auf das fremde Tal Ausblick gab.

»Was mag das wohl für ein Dorf sein, das da hinten hervorschaut?«, fragte sie.

Er folgte mit seinen Augen der Weisung ihres Fingers. »Das ist Schwägel«, sagte er ortskundig.

»Schwägel?«, rief sie ganz erschrocken. »Ist das wahr?«

»Natürlich, ich kenne mich hier doch aus. Warum? Hast du schon davon gehört?«

»Von dort stammt mein Vater.«

»Was! Tatsächlich?« Erstaunt hob er die Augenbrauen.

»Auch der Großvater muss viele Jahre dort gewesen sein, er spricht noch oft davon, von einem Pachtgut, dem Sonnscheiderhof.«

»Ich war noch nicht drüben und kenne diesen Hof nicht, aber es wird schon so sein, wie du sagst.«

»Wie weit, rechnest du, dass es von hier aus nach Schwägel ist?«

Er nahm das Fernglas an die Augen und schätzte die Entfernung ab. »Immerhin etwa vier Stunden Abstieg«, sagte er dann. »Warum? Möchtest du noch bis Schwägel gehen?«

»Nein!«, rief sie abwehrend. »Es war nur eine Frage. Der Großvater wird sich freuen, wenn ich ihm sage, dass ich heut Schwägel gesehen habe. Wie kann aber ein alter Mann wie er dort hingelangen? Er kann doch nicht über die Schreckhornwände steigen!«

»Da müsste er eben das Gebirge umgehen. Durch alle Täler führen Straßen. Es ist zwar weit, aber heut gehen überallhin Busse.«

Sie nickte.

Er schaute nach der Sonne, die sich zu neigen begann. »Wir müssen aufbrechen, Anna!«, sagte er.

Sie packte sofort ihre Sachen zusammen und machte sich fertig.

»Bist du sehr müde?«

»Nicht schlimm – aber es war herrlich, Thomas!«, erwiderte sie, ihn anlächelnd.

»Ich hatte eigentlich etwas ganz anderes vor, als dir das Dorf Schwägel zu zeigen.«

»Dann müssen wir eben noch einmal aufsteigen, solange du daheim bist«, entgegnete sie heiter.

»Ich wollte mit dir etwas besprechen, was mir schwer auf dem Herzen liegt.«

»Ich weiß. Das machen wir beim Abstieg. Ich fürchte, dass wir in die Nacht kommen, wenn wir noch länger hier sitzen.«

Sie hatten jedoch nicht gleich Gelegenheit dazu, denn der Abstieg bereitete ihnen zunächst manche Schwierigkeiten, besonders Anna, die im Bergsteigen völlig ungeübt war. Thomas musste ihr über die schwersten Hindernisse hinweghelfen.

Erst als sie die breiten, grünen Hänge erreichten, über die sich die Wälder heraufzogen, konnten sie nebeneinander gehen und festen Fuß fassen. Die Sonne war jetzt hinter den Gebirgskamm hinabgetaucht. Die Luft wurde angenehm kühl.

»Du weißt ja, was bei uns auf dem Jakoberhof los ist?«, begann er plötzlich. »Und was du noch nicht weißt, möchte ich dir sagen.«

Sie streckte abwehrend die Hand von sich. »Das geht mich alles nichts an, Thomas! Bitte sag mir nichts, was ich nicht unbedingt zu unserer Ruhe und Sicherheit wissen muss!«

Er schaute sie überrascht an. »Meinst du damit zu eurer Ruhe und Sicherheit im Fischerhaus?«

»Ja, das meine ich. Dein Bruder ist derselbe Narr, wie es dein Vater gewesen ist!«

Er erschrak. »Mein Vater?«

Sie nickte mit entrüstetem Gesicht. »Es war damals für meine Eltern gewiss nicht leicht, sich in dem alten Fischerhaus zurechtzufinden und eine Existenz zu schaffen. Trotzdem wollte der Jakober ihnen den kümmerlichen Erwerb im Schwarztannsee streitig machen. Er trieb meinen Vater zu einem Prozess und legte in seiner Habgier eine Feindschaft, die bis über den unglücklichen Tod meiner Eltern hinaus andauert. Ich war noch viel zu klein damals, um es zu sehen und zu begreifen. Ich ging mit euch Jakoberbuben zur Dorfschule. Wenn ich das Haus verließ, standet ihr schon drüben auf der Straße und habt auf mich gewartet. Das war eine selige Zeit, Thomas, diese Zeit des Nichtwissens um den Neid und die Bosheit der Menschen! Wir wurden größer. Da ich jünger war, machte ich meinen Weg allein ins Dorf, als ihr schon längst auf dem väterlichen Hof gearbeitet habt. Ich verlor euch aus den Augen. Es war an einem Sommerabend – ich war damals gerade achtzehn Jahre alt geworden – als ich von der Kapelle nach Hause gehen wollte. Da stand Simon plötzlich vor mir.«

Sie stockte einen Augenblick. »So ging es an. Er kam dann immer öfter auch ins Fischerhaus, er holte mich ab, wenn im Dorf etwas los war. Der Großvater warnte mich, aber ich lachte nur darüber. Ich wollte tanzen und lustig sein unter den anderen. Wer wollte mir das verwehren? Es kam zwischen uns zu einer Liebschaft, wie man so sagt. Ich verstehe heute noch nicht, wie ich ihm glauben konnte, dass er mich heiraten und zur Bäuerin machen wollte. Er, der Sohn vom Jakoberbauern! Nun, wie es dann gekommen ist, weißt du selbst. Schau, drum will ich möglichst wenig über ihn und den Jakoberhof hören!«

Er dachte eine Weile über ihre Rede nach. »Du hast ihn also geliebt, Anna?«, fragte er dann.

»Nein. Vielleicht hab ich damals gemeint, dass ich ihn liebe. Er war der einzige Mensch, der gekommen ist und mich zu den Festen und zum Tanz mitgenommen hat. Hätte ich ihn wirklich geliebt, wäre ich wohl nicht so einfach über alles hinweggekommen. Und wenn ich ihn heut sehe in seiner Haltlosigkeit und Bosheit, wodurch er seinem Vater mehr und mehr gleicht, bin ich glücklich, dass ich immer noch bin, was ich war: das Fischermädchen, dem Gott die Gnade schenkte, vor einem solchen Unglück des Reichtums bewahrt zu bleiben. Mein Großvater hat die Fischerei eingestellt, weil er die Arbeit einfach nicht mehr machen kann. Aber wir leiden keine Not. Der Großvater bekommt eine Rente, von welcher wir gut leben können. Und sollte er einmal nicht mehr sein, gehe ich fort und suche mir eine Arbeit. Damit habe ich alles gesagt«, schloss sie.

Thomas wiegte traurig den Kopf. »Es tut mir Leid, dass es so gekommen ist, Anna. Es ist furchtbar, dass mein Bruder mutwillig sich selbst und seine ganze Umgebung zu Grunde richtet. Gewiss, mein Vater ist ein harter, gewalttätiger Mann. Das hat niemand mehr zu spüren bekommen als ich. Mit Simon ging er weitaus sanfter um. Aber heute ist seine ganze Gewalt zusammengebrochen. Daran ist nicht seine Krankheit schuld, sein Herzanfall ist nur auf die Aufregungen in unserem Haus zurückzuführen. Ich bin froh, dass du sagst, du hättest meinen Bruder nicht eigentlich geliebt und seist längst darüber hinweggekommen. Am schlimmsten ist es für Barbara. Sie leidet wirklich schwer unter diesen Verhältnissen. Freilich wäre es für sie ein Leichtes, einfach ihre Sachen zu packen und zum Riedingerhof heimzukehren. Niemand würde einen Stein auf sie werfen, denn man weiß ja allgemein, wer die Schuld an dieser zerbrochenen Ehe trägt. Aber sie tut es nicht, weil sie ihn liebt, trotz allem, was er ihr antut. Man hat mich heimgerufen, angeblich, um bei der Arbeit mitzuhelfen, weil ja der Vater nichts mehr tun kann. In Wirklichkeit soll ich der Bäuerin beistehen. Ich habe das sofort erkannt – und ich stehe ihr bei!«

»Das freut mich für Barbara!«, sagte Anna.

Thomas ergriff ernst Annas Arm und blieb stehen. »Das gilt natürlich auch für dich: Bitte, Anna, sag mir, wenn Simon dir in seiner Charakterlosigkeit zu nahe treten sollte! Ich habe den furchtbaren Verdacht, dass er dich nicht mehr aus dem Kopf bringt. In seiner Raserei versucht er sich am Vater, an seiner Frau, an allen zu rächen. Er würde vielleicht nicht einmal davor zurückschrecken, dich in Schande zu bringen und zu Grunde zu richten. Ich möchte dich davor bewahren, denn eher schicke ich ihn unter die Erde und verbringe mein Leben hinter Gittern, als dass so etwas Schreckliches passiert.«

Er wandte sich wieder zum Gehen und löste seine Hand sanft von ihrem Arm. »Ich hoffe, du siehst in mir nicht nur den Jakobersohn. Ich bin nicht der Simon, nicht der Vater! Niemand weiß um die Klagen, die ich schon meiner toten Mutter nachgeschickt habe – heute noch, obwohl ich weiß, dass sie mir nicht mehr helfen kann.

Und ich kann heute nichts mehr für sie tun. Meinem Vater habe ich verziehen, alles, denn sein Gewissen fängt an, sich zu regen. Was ich noch tun kann und will, ist, dass ich die Ehre unseres Hauses zu retten versuche, denn es ist ja auch meine Heimat und war die Heimat meiner Mutter!«

Es fing an zu dunkeln, als Anna den Kahn über den See trieb. Immer wieder zog sie die Ruder ein und ließ den Kahn gleiten. Ihre Gedanken legten sich ihr schwer auf das Gemüt.

Am Steg stand der alte Janiser und wartete auf sie. Sie bemerkte es erst, als er ihr zurief. Nun winkte sie ihm.

Er pflockte den Kahn fest. »Du bist wohl ziemlich müde?«, fragte er.

»Es war herrlich, Großvater! Warst du schon einmal auf den Schreckhornwänden?«

»Nein.«

»Wenn ich die Kraft dazu hätte, würde ich dich hinaufziehen! Weißt du, was ich von der Schartenhütte aus gesehen habe?«

Er schaute sie erwartungsvoll an.

»Schwägel! Jawohl, dein Dorf Schwägel!«

Er schüttelte ungläubig den Kopf. »Das liegt ja weit hinten im Tal.«

»Aber man kann es von droben sehen! Thomas kennt sich doch aus in der Gegend, und er sagt, dass es das Dorf Schwägel sei.«

»Dann bräuchte man also nur über die Schreckhornwände steigen und man wäre daheim!«, wunderte er sich. »Leider kann ich das nicht mehr schaffen.«

»Nein, Großvater, das kannst du nicht mehr. Aber ich könnte es!«

»Allein?«

»Warum nicht? Thomas hat mich sehr gelobt. Er sagt, ich sei eine ganz gute Bergsteigerin.«

Er lachte dazu, und dann gingen sie hinein in ihr altes Haus. Die Nachtluft strich über den dunklen See und kräuselte die Wellen auf, die den Kahn umspülten.

14

Das Heu war eingebracht, und während auf den Wiesen das Gras für den zweiten Schnitt heranwuchs, gab es Arbeit genug auf den Kartoffel- und Rübenfeldern, die inzwischen vernachlässigt worden waren. Die Leute vom Jakoberhof waren auch jetzt ständig draußen und kultivierten den Boden, um trotz der sommerlichen Trockenheit auf den Feldern einen zufrieden stellenden Ertrag zu erzielen. Da der Bauer sich so gut wie gar nicht kümmerte, nahm Thomas die Führung der Wirtschaft in die Hand. Er tat es für die Bäuerin, die Sorgen genug hatte.

Hätte sie den Wegen ihres Mannes nachgehen können, wäre ihr wohl die Hoffnung auf eine bessere Zukunft, die sie immer noch hegte, verloren gegangen. Er hatte es allerdings nicht mehr gewagt, sie in seiner rohen Art anzuschreien oder gar die Hand gegen sie zu erheben, er hatte aber auch kein Wort des Bedauerns über das Vorgefallene gefunden. Es wurde einfach darüber geschwiegen.

Ab und zu fiel es ihm wohl noch ein, dass er draußen auf den Fluren nach dem Rechten sehen und ein wenig mithelfen könnte. Aber dann war ihm zumeist sein Bruder ein Dorn im Auge, sodass er mitten unter den Arbeiten das Feld räumte.

»Hast du von mir einen Auftrag, dass das so gemacht werden soll?«, herrschte er Thomas einmal an, als sie sich auf freiem Feld begegneten.

»Von dir nicht, aber von der Bäuerin«, entgegnete Thomas.

»Der Bauer bin immer noch ich!«

»Und was für einer! Wenn es auf dich ankäme, wären heute die größten Lücken im Stall.«

»Was kümmert mich das! Und dich geht es nichts an.«

Thomas ließ ihn ganz einfach stehen. Die Spannung blieb.

Einmal stießen sie drüben bei einbrechender Abenddämmerung an der kleinen Feldkapelle zusammen. Vielleicht wäre es gar nicht zu einer Begegnung gekommen, wenn Thomas nicht den schleichenden Schritten aus dem Gesträuch nachgegangen wäre. Es war immerhin schon dunkel unter den Bäumen.

Es war für beide eine ebenso peinlich wie unerwünschte Situation, als sie sich so plötzlich gegenüberstanden. Es dauerte lang, bis einer das erste Wort fand.

Es war Simon, der schließlich zuerst sein hämisches »Aha!« krähte. »Du wartest auf sie?«

Thomas ließ ihn ohne Antwort.

»Brauchst nach keiner Ausrede suchen, ich weiß eh, dass du ihr nachrennst!«, spöttelte der Ältere weiter.

»Wozu soll ich nach einer Ausrede suchen? Bei dir wäre das etwas anderes, wenn ich dasselbe fragen wollte.«

»Dann stimmt es also, was ich da einmal gehört hab, dass du mit ihr auf den Schreckhornwänden warst? Du siehst, man kann nichts tun, ohne gesehen zu werden.«

»Ich habe nichts zu verbergen, Simon, denn ich bin niemandem Rechenschaft schuldig!«

»Auch nicht dem Vater?«

»Auch ihm nicht.«

»Er wird sich bestimmt freuen, genauso wie bei mir!«, höhnte der junge Jakoberbauer. Dann griff er plötzlich erregt nach dem Arm des Bruders. Sein Gesicht veränderte sich, es drückte Hilflosigkeit und Scheu aus. »Lass mit dir reden, Thomas!«, bat er.

»Und?«, fragte Thomas kühl.

Simon setzte sich auf einen Stein. »Sie kommt nie mehr in letzter Zeit. Aber ich muss mit ihr reden. Ich muss ihr sagen, dass ich nicht wusste, was ich tat, als ich den alten Janiser gegen die Wand warf ...«

Thomas schaute erschrocken auf. »Wie? Du warst im Fischerhaus?«

»Ja, ich war dort, ein einziges Mal noch, weil ich mir keinen anderen Rat wusste. Es mag schon sein, dass ich mich schlecht benahm, weshalb der Alte mich wegjagte. Und da verlor ich die Nerven. Ich kann keinem Menschen sagen, wie es in mir aussieht! Ich habe nie gedacht, dass man einer Frau so verfallen kann! Wenn ich heute noch einmal vor die Wahl gestellt würde, wie es tatsächlich geschehen ist – heute würde ich vom Hof gehen, und müsste ich im Steinbruch oder auf den Holzschlägen arbeiten! Oft sage ich mir: Geh nicht mehr heim! Du gehörst da gar nicht hin!«

»Bist du denn verrückt?«

»Es kann schon sein, dass ich's bin. Verkuppelt hat man mich, verschachert wie ein Stück Vieh im Stall!«, schrie er jetzt. »Und das sind nun die Folgen!«

»Pst! Schrei nicht so! Du bist kein Kind mehr gewesen, das nicht weiß, was es tut, und was es zu tun hat! Es hätte dich nicht den Kopf gekostet, wenn du dem Vater gestanden hättest, dass du bereits der Anna dein Wort gegeben hast!«

»Aber der Hof!«

»Ach so! Da siehst du ja, was du für ein Kerl bist!«

Simon sprang auf und gebärdete sich wie ein Irrer. »Man befiehlt dir einfach, du hast die und keine andere zu heiraten!«, schrie er wieder. »Andernfalls hast du den Hof zu verlassen. Schau, wie du dich zurechtfindest! Kuhhandel, verdammter!«

Thomas griff nach seinem Arm und hielt ihn fest. »Lass dir wenigstens von mir das eine sagen: Du hast eine Frau, die du nicht verdienst!«

»Ha! Du willst mich noch verspotten?«, fauchte der junge Bauer und versuchte sich loszureißen, aber er wurde mit eisernem Griff festgehalten.

»Wenn du wenigstens erkennen könntest, was du Barbara antust und was sie von dir ertragen muss! Jede andere hätte längst ihre Sachen gepackt, wäre heimgegangen und hätte öffentlich Klagen gegen dich geführt. Aber sie bleibt, schweigt und wartet. Warum? Weil sie dich liebt! Und weil sie noch immer daran glauben will, was du ihr geschworen hast, nämlich, dass du sie aus freiem Willen zur Frau gemacht hast!«

»Du hättest Pfarrer werden sollen, dann hättest du predigen können!« Simon lachte bitter auf. »Sie liebt mich?«

»Ja, sie liebt dich!«

»Und du? Du liebst die Anna?«

»Ja, ich liebe sie, damit du weißt, was los ist! Aber ich werde mich hüten, ihr das Leben so zu verbittern wie du! Sie hat sich vor mir nicht zu fürchten wie vor dir! Wage es bloß nicht mehr, in das Fischerhaus einzubrechen oder ihr hier oder sonst wo den Weg abzupassen! Ich warne dich, Simon! Geh heim zu deiner Frau, da gehörst du hin! Versuch wenigstens einmal, sie zu loben oder ihr ein Kompliment zu machen! Mache niemand als dich selbst für dein Unglück verantwortlich!«

»Schuft!«, knirschte der Ältere, riss sich los und ging davon.

Thomas' wohlgemeinter Zuspruch verfehlte genauso den Zweck wie alles, was schon gesagt und geklagt worden war. Simon Jakober verlor sich immer mehr in seine Leidenschaft. Selbst im Dorf wurde jetzt schon darüber gesprochen, dass der Bauer vom Jakoberhof zum Säufer geworden sei. Fast jeden Abend konnte man ihn im Wirtshaus schreien hören, bis der Zeitpunkt da war, in dem er seine Zunge nicht mehr gebrauchen konnte und einschlief. In der Nacht wankte er dann die Dorfstraße hinauf und irrte hinaus zum Öschberg.

Es war selbstverständlich, dass er in einer geheimen Sitzung seines Amtes als Gemeinderat enthoben wurde. Ein Mann von diesen geringen Qualitäten war als Vertrauensmann des öffentlichen und gemeindlichen Wohles nicht mehr länger vertretbar. An seine Stelle rückte ein Ersatzmann. Das war der junge Riedingerbauer.

Kein Wunder, dass eines Tages der alte Riedinger entrüstet im Jakoberhof erschien. Aber er traf seine Tochter, die Bäuerin, allein an. Simon war wie immer unterwegs.

»Da hört man ja schöne Sachen!«, begann er vorwurfsvoll. »Und davon sagst du mir nichts? Wie lange geht das schon so?«

»Was ist denn passiert, Vater?«

»Hinausgeworfen haben sie deinen Mann aus dem Gemeinderat, weil er von den Sitzungen wegbleibt, und wenn er kommt, soll er betrunken sein. Dein Bruder ist jetzt an seine Stelle getreten. So eine Blamage! Diese Schande! Und du schweigst dazu? Oder weißt du gar nichts davon?«

Barbara schwieg und wandte sich ab.

»So weit darf deine Unterwürfigkeit nicht gehen. Du bist nicht als Bettelfrau auf den Hof gekommen. Wo ist er, damit ich ihm seine Nichtswürdigkeit vorwerfen kann?«

»Er ist nicht da!«, antwortete sie.

»Er ist nicht da? Ist das alles, was du darauf antworten kannst? Wo soll es denn hinführen, wenn der Bauer nur noch in den Wirtshäusern herumsitzt und Arbeit Arbeit sein lässt? Zum Konkurs führt das! Eines Tages ist alles verludert und du kannst mit Schande vom Hof gehen!«

»So weit ist es noch nicht, Vater, und es wird auch nicht so weit kommen!«

»Es wird noch viel schlimmer kommen! Oder weißt du gar nichts davon, worüber im Dorf gesprochen wird, dass er heute noch zu dem Fischermädchen vom Schwarztannsee Kontakt hat?«

»Das ist nicht wahr!«, widersprach sie heftig und doch voller Qual.

»Komm, Barbara, wir gehen jetzt hinüber zum Alten! Ich werde ihm sagen, was er da mit seiner Kuppelei angerichtet hat!«

»Es war keine Kuppelei, Vater!«

»Nicht? Was war es dann?«

»Kein Mensch, weder du noch der alte Jakober, hätte mich überreden können, in den Jakoberhof zu heiraten, wenn ich es nicht selbst gewollt hätte! Ich hatte den Simon gern! Und es wäre mir lieber, wenn sich nicht so viele Leute einmischen würden! Es ist wahr, dass Simon vergisst, was er seinem Ansehen und seiner Ehre schuldig ist. Er ist zum Trinker geworden. Aber er ist nicht dadurch zu retten, dass wir alle über ihn herfallen und ihm drohen, dass ich mich von ihm trenne und ins Elternhaus zurückkehre. Das wäre nur Wasser auf die Mühle, und sein Trotz würde sich nur versteifen. Ich habe viel unter der Vorstellung gelitten, dass er immer noch die Janiser Anna liebt und nicht loskommt von ihr. Aber ich kenne ihn und weiß, dass er seine Leidenschaft eines Tages bezwingen wird! Ich kenne Anna und wage meinen Kopf dagegen zu verwetten, dass sie auch nur mit einem Gedanken an dieser unseligen Geschichte beteiligt ist! Ich habe heute den Thomas an meiner Seite und ich bin fest davon überzeugt, dass wir zusammen Ordnung schaffen!«

»Aber es muss doch irgendetwas geschehen! So kann man es doch nicht lassen!«, rief er.

»Es geschieht schon etwas, Vater. Ich kann es dir nicht sagen oder erklären, ich spür es nur. Wie in der Natur, so gibt es auch im Menschen Kräfte, die geheimnisvoll wirken. Man kann sie nicht benennen, weil sie keinen Namen haben, sie sind ganz einfach da. Schau, ich hätte längst aus diesem Haus fliehen können und, wie du sagst, fliehen müssen. Ich habe es nicht getan. Der alte Jakober war sehr schwer krank, er hatte nur mich. Ich pflegte ihn und richtete ihn wieder auf. Schau ihn dir an! Er ist heute ein ganz anderer Mensch. Er könnte mein leiblicher Vater sein, so eng sind wir heute miteinander verbunden. Simon ist auch krank, und ihn werde ich ebenfalls pflegen. Jedenfalls werde ich ihn nicht verlassen. Was er mir in seiner Verbitterung auch schon angetan hat, ich liebe ihn trotzdem. Und was das Dorf über ihn spricht, und wie es über uns urteilt, ist mir gleichgültig. Unser Hof liegt hier auf dem Öschberg, wir haben unser eigenes kleines Reich. Geh also heim, Vater, und lass deine Tochter machen! Ich werde eines Tages mit dem Simon auf dem Riedingerhof wieder einen Besuch machen. Das wird meine größte Freude sein.«

»Ich verstehe dich nicht!«

»Ich verstehe es selbst nicht, Vater, aber es ist so. Wir wollen den alten Jakober jetzt nicht mit neuen Aufregungen niederwerfen. Er hat ein schweres Herzleiden.«

Zusammen gingen sie hinüber in die Hütte, aber es sah aus, als wollte der Riedinger bei seinem alten Freund nur einen Besuch machen. Über die Zustände und die Verhältnisse auf dem Jakoberhof wurde nicht gesprochen. Man vermied achtsam und sogar ängstlich jedes Wort, das auf den Unfrieden hingedeutet hätte. Aber eine gewisse Spannung war da, die jeder spürte.

15

Der Sommer neigte sich seinem Ende zu. Niemand verlor ein Wort darüber, als sich der Tag jährte, an dem der Jungbauer vom Jakoberhof Barbara Riedinger zum Altar geführt hatte. Alle dachten daran, aber was wollte man dazu sagen? Besser, man behielt es bei sich.

Auch Simon schien sich daran zu erinnern, denn gerade an diesem Abend zeigte er sich voller Unruhe, kehrte ein paar Mal noch in die Stube zurück, wo seine junge Frau die Wäsche in die Kommode schichtete, die sie während des Tages getrocknet und gebügelt hatte. Immer wieder schien er etwas vergessen zu haben und stand zögernd herum.

Sie spürte, dass er etwas sagen wollte, aber nicht den Mut dazu fand. Ihre Aufregung wuchs.

»Suchst du etwas?«, fragte sie schließlich.

»Ich weiß nicht, aber ich muss mein Geld verlegt haben.«

Sie richtete sich aus ihrer Kniestellung auf. »Verlegt? Nein, Simon, das hast du wohl verbraucht.«

Er runzelte die Stirn. »Und?«

»Sperr doch den Schrank auf und nimm neues mit.«

Er schaute sie ganz bestürzt an, denn sie sagte es in einer Weise, als hätte sie absolut nichts dagegen einzuwenden, wenn er seine leere Kasse aus dem Wirtschaftsgeld nachfüllte.

»Ich versteh dich nicht«, sagte er dann. »Das Geld ist doch hergerichtet zur Bezahlung der drei Jungtiere, die jeden Tag gebracht werden können.«

»Bis dahin haben wir's schon wieder beisammen. Heute, am Jahrestag unserer Hochzeit, möchte ich nicht, dass du dir eine Freude versagst!«

Nun schaute er noch verständnisloser drein. »Willst du mich ärgern, Barbara?«

»Nein, aber dir und mir wünschen, dieses kommende Jahr möge uns vor allem Unglück bewahren!«

Er stand blass da, seine Miene verzog sich zu einem verlegenen, hilflosen Lächeln.

Sie sahen sich stumm an.

»Ja – ich bin ein Schuft!«, flüsterte er plötzlich in Selbstverachtung.

»Simon!«, rief sie, über diese unerwartete Selbstanklage erschrocken.

Doch er fuhr mit großer Eindringlichkeit fort. »Dein Leben soll nicht zerstört sein! Deines nicht! Geh zu deinem Vater zurück, frag den Pfarrer, ob es nicht eine Lösung dieser Ehe gibt, die dich in ein solches Unglück geführt hat, sodass du wieder heiraten könntest. Meinetwegen lässt du dich durch den Hof hier abfinden. Ich gehe dann fort. Man wird mich nicht mehr sehen.« Ernst blickte er sie an.

»Simon! Was redest du?«, rief sie erschüttert. »Lass uns doch zusammen einen Weg suchen!«

»Es ist zu spät! Ich habe dich einmal schon belogen und betrogen, als ich scheinheilig im Riedingerhof auftauchte und dir einen Heiratsantrag machte, obwohl ich eine andere liebte und wusste, dass ich sie immer lieben und begehren würde. Aber mein Vater hat mir gedroht, den Hof an Thomas zu übergeben, wenn ich dich nicht heirate. Dann hätte dich eben der Thomas heiraten sollen. Heute weiß ich, dass Thomas es nicht getan hätte. Er hätte diese Lüge nicht auf sich genommen. Aber ich habe es getan, weil ich den Hof keinem anderen gegönnt habe. Ich bin ein Schuft! Denn es hat sich nichts geändert in mir. Ich bin heute noch derselbe. Ich kann dich also nicht um Verzeihung bitten, Barbara, denn ich habe mich nicht gebessert, und ich fürchte, dass ich mich nie bessern werde.«

»Du liebst also immer noch Anna?«

»Ja. Aber – du tust mir Leid, Barbara! Mehr kann ich nicht sagen.«

Daraufhin ging er davon. Und damit war diese Unterhaltung, von der man fast einen guten Anfang hätte erhoffen können, zu Ende. Denn in der Nacht kam er wieder betrunken heim.

Die letzten Gewitter, die über die Schreckhornwände hereinbrachen, waren von besonderer Heftigkeit. Das Heu war größtenteils eingebracht, auf den Feldern stand hier und dort nur noch ein später Hafer, die Kartoffeln und Rüben steckten tief in der Erde, und so konnten die Unwetter keinen eigentlichen Flurschaden mehr anrichten. Doch diese späten Gewitter waren jedes Mal mit einem empfindlichen Temperatursturz verbunden.

Einen eigentlichen Schaden nahmen nur die Almen, denn gewöhnlich fiel dann bis über die Felswände der Berge hinunter Schnee, der freilich bald wieder wegschmolz, aber den Almbetrieb unmöglich machte. Das Vieh wurde also eilig talwärts in die heimischen Ställe getrieben.

Wenn aber an schönen Tagen die Sonne schien, spiegelten die Berge das tiefe Blau des Himmels, und der stille, tiefgründige Schwarztannsee kleidete sich in dieselben schmucken Farben, zumal das Laub der Buchen wie verstreutes Gold aus den dunklen Wäldern glänzte. Das alles nahm der See in sich auf und spiegelte die ganze Pracht der Umwelt.

Noch bevor das Kirchweihfest begangen wurde, rüstete sich der alte Fischer Janiser zu einer Reise. Das heißt, er wollte noch, ehe die Nebel und Herbststürme kamen, ein paar dringende Gänge erledigen. Der eine führte in die Kreisstadt, wo er mehrere Besorgungen zu machen hatte, der andere nach Schwägel, wo er die baldige Umsiedlung in den Sonnscheiderhof betreiben wollte.

Er und Anna hatten beschlossen, noch vor dem Winter das alte Haus am Schwarztannsee zu verlassen.

Obwohl es Anna schwer fiel, die geliebte Heimat, in der sie aufgewachsen war, preiszugeben und gegen eine ungewisse Zukunft einzutauschen, sah sie doch ein, dass es nötig war.

Hier im alten Fischerhaus würde sie einer ungewissen Zukunft entgegengehen: Alles hörte ja auf, wenn der Großvater seine Augen schloss.

»Du glaubst also wirklich, dass man im Sonnscheiderhof Arbeit hat, Großvater?«

»Das glaube ich nicht nur, sondern ich weiß es auch.«

»Und Platz wird auch sein für uns beide?«

»Platz genug!«, beteuerte er.

»Was soll denn aus dem Fischerhaus werden?«

»Das sperren wir ab und stellen es unter den Schutz des Himmels. Vielleicht willst du wieder einmal zurückkehren, wenn du einen jungen, kräftigen Fischer gefunden hast. Ihr werdet dann miteinander die Netze flicken und über den alten Großvater schimpfen, der alles so zerrissen hinterlassen hat«, scherzte er.

»O nein, ich werde dann viel zu erzählen haben über einen guten, alten Mann, der mir Vater und Mutter gewesen ist, als ich niemanden mehr hatte außer ihn.«

Es war komisch, dass der alte Mann allein reisen wollte. Sie hätte wahrlich nichts versäumt, wenn sie ihn begleitet hätte, und der Pächter vom Sonnscheiderhof hätte sie gewiss zuvor gern gesehen, ehe er sie für die Arbeit einsetzte. Aber aus irgendeinem Grund, den er nicht verraten wollte, durfte sie nicht dabei sein.

»Du brauchst keine Angst um mich zu haben«, beruhigte er sie. »Ich fahre diese Strecke nicht zum ersten Mal. Auch fühle ich mich recht gesund und munter. Das macht wohl die Freude – man kehrt halt gern dorthin zurück, von wo man gekommen ist, und wäre es auch nur zum Sterben.«

»Nein, Großvater, dann bleiben wir lieber hier! Sterben darfst du nicht!«

»Auch hier wird der Tod mich nicht vergessen. Wir können uns nicht vor ihm verstecken.«

Sie begleitete ihn ins Dorf. Es war ein sehr warmer Tag, fast schwül im windgeschützten Tal, obwohl von den Bergen die Neuschneefelder herabschimmerten.

»In drei Tagen bist du also wieder zurück?«, fragte sie.

»Es kann auch vier oder fünf Tage dauern, das lässt sich schwer sagen.«

»Länger als fünf Tage aber nicht?«

»Nein.«

»Ich werde inzwischen unsere Sachen packen.«

»Ja, tu das. Du fürchtest dich doch nicht allein im Haus?«, sorgte er sich.

»Nein, wer wird mir schon etwas tun?«

»Trotzdem wirst du Tür und Fenster geschlossen halten! Der Jakober Simon soll sich oft recht wüst aufführen, wenn er betrunken ist!«

»Ich lasse niemanden ein, Großvater!«

»Jawohl, niemanden!«

»Und wenn du nach fünf Tagen nicht zurück bist, hole ich dich!«, scherzte sie.

»Du würdest mich wohl gar nicht finden!«

»Ich komme einfach nach Schwägel und frage nach dem Sonnscheiderhof.«

»Vielleicht über die Berge?«

»Warum nicht? Den Weg kenne ich!«

Er nahm es als Scherz, und vielleicht war es von ihr auch so gemeint.

Sie blieb noch bei ihm an der Haltestelle stehen, bis der Bus kam. Dann winkte sie ihm nach.

Die folgenden Tage verbrachte Anna mit dem Ausräumen der Truhen und Kisten. Sie nahm jedes einzelne Ding in die Hand und prüfte es auf seine Brauchbarkeit. Geriet ihr ein alter Brief mit der Handschrift ihres Vaters oder ihrer Mutter in die Finger, las sie darin und bildete sich ihre Vorstellung von einer Welt, die längst untergegangen war.

Sie ordnete alles säuberlich zusammen. Manchmal stellte sie sich auch an das kleine Dachlukenfenster und schaute sehnsüchtig und verträumt auf den Schwarztannsee hinaus.

Still vergingen die Tage, noch stiller war es in den Nächten. Wenn es dunkel wurde, zog sie die Fensterläden zu und verriegelte sie. Sie fürchtete sich nicht, aber sie wollte sich nicht mutwillig einer Gefahr aussetzen.

Es war am dritten Abend, seitdem sie allein war, als plötzlich von draußen an den Fensterladen geklopft wurde. Sie erschrak und nahm ihren ganzen Mut zusammen, um mit fester Stimme zu fragen, wer draußen sei. Zunächst dachte sie an den Großvater, aber der hätte ja einen Schlüssel zum Türschloss gehabt.

»Bist du allein?«, fragte eine leise Stimme draußen.

»Nein«, log sie.

»Doch, du bist allein! Ich weiß es doch! Dein Großvater ist weggefahren.«

Sie ahnte längst, wer vor dem geschlossenen Laden stand.

»Mach wenigstens den Laden auf!«, kam es von draußen.

»Nein, ich wüsste nicht wozu.«

»Ich muss unbedingt mit dir sprechen! Mach auf!«

»Bist du denn verrückt? Willst du dich und mich in Verruf bringen? Geh heim, Simon! Denk doch, wenn dich jemand sieht oder hört!«

»Ist es wahr, dass du das Haus verlassen willst?«, kam es als Antwort. »Im Dorf redet man darüber.«

»Ja, das ist wahr.«

»Hör mich an, Anna! Ich muss wissen, wohin du gehst! Ich kann ohne dich nicht sein, es ist vorbei für mich, wenn du fortgehst! Ich lasse alles hier liegen und stehen und folge dir! Sag wenigstens, dass du mir gut bist! Ich hätt dich nie verlassen dürfen, denn damit habe ich mich selbst betrogen. Es gibt keine Ruhe mehr für mich, ich muss dich wenigstens sehen, mit dir sprechen können!«

Sie hörte, wie er versuchte, den Laden aufzureißen, aber die Riegel waren stabil.

»Warum sagst du nichts?«, kam es wieder von draußen. »Anna! Bist du noch da?«

Sie löschte das Licht, sodass es den Eindruck machte, als wäre sie aus dem Raum gegangen, denn der Schein der Lampe drang durch die Ritzen hinaus.

»Anna! Rede doch! Ich breche sonst mit Gewalt ins Haus ein! Diese Nacht muss uns endlich zusammenführen, für immer! Ich gehe überall hin mit dir! Oder willst du es auf dein Gewissen nehmen, dass ich hier mit allen, die um mich sind, zu Grunde gehe? Ich gehe zu Grunde, Anna!«

Sie antwortete mit lauter Stimme, mühsam ihre Angst verbergend. »Wenn du noch einen Funken Ehre in dir hast, dann geh heim und lass mich in Frieden! Ich habe mit dir nichts mehr zu tun. Dass du mich aus meiner alten Heimat vertreibst, will ich dir verzeihen, aber das, was du Barbara antust, das kann ich dir nicht mehr vergeben. Ich verachte dich!«

Sie warf jetzt die Tür ins Schloss, sodass es sich anhörte, als wäre sie im Zorn aus dem Zimmer gegangen. Eine Weile war es still draußen.

»Anna!«, kam es dann wieder. »Anna!«

Sie gab keine Antwort. Er stieß einen Fluch aus. Um das Haus polterten seine Schritte. Vermutlich suchte er einen Einstieg, den er jedoch nicht fand. Es war alles verschlossen und verriegelt.

»So können wir nicht auseinander gehen, Anna! So nicht! Ich komme wieder – in dieser Nacht noch! Hörst du! Es soll mich nichts abhalten!«

Er brüllt es mit voller Lautstärke. Entweder war er betrunken oder wahnsinnig. Sie rührte sich nicht mehr, aber sie begann sich jetzt zu fürchten.

Dann war es auf einmal ganz still. Nur ab und zu strich ein leises Knacken an den Fensterläden vorbei, so, als wischte eine Hand darüber. Aber das war der Wind, der plötzlich aufkam. Vielleicht verschlechterte sich das Wetter.

In Anna stieg die Panik hoch. Leise schlich sie sich aus der Stube hinauf in den ersten Stock. Sie öffnete vorsichtig das Fenster und schaute hinaus. Es war nichts zu sehen und nichts zu hören. Hinter den Bergen stand der Mond, über den die Wolken hinwegstrichen. Wenn er frei lag, war es ganz hell. Man konnte weit sehen.

»Ich komme wieder – diese Nacht noch!«, klang es in ihren Ohren. Wie bedrohlich seine Stimme getönt hatte! Vielleicht war er nur weggelaufen, um ein Werkzeug zu holen, womit er die Tür oder einen Fensterladen aufbrechen wollte. Er wusste, dass sie allein war! Er war wahnsinnig!

Wenn nur wenigstens der Großvater käme! Heute war erst der dritte Tag, heute kam er nicht mehr, morgen erst oder vielleicht gar erst übermorgen. Er war drüben in Schwägel.

Konnte sie denn hier bleiben? Sollte sie auf versteckten Wegen hinüberlaufen zum Jakoberhof und Barbara sagen, was geschehen war? Es war noch nicht spät, sicher war Thomas noch auf. Er würde mit ihr zurückgehen und bei ihr bleiben ...

Schwägel? Es war ein wahnwitziger Gedanke, aber er gewann immer mehr Gewalt über sie. Sie kannte den Weg über die Schartenhütte. Es war freilich Nacht, jedoch hell genug, dass sie sich zurechtfinden würde. Bis morgen früh könnte sie drüben sein, und welche Augen würde der Großvater machen!

Hier im Haus war die Gefahr. Droben im Gebirge gab es keine bösen Menschen. Dort gab es keinen Simon Jakober ...

Schon machte sie sich fertig, zog sich ihr festes Schuhwerk an und schlüpfte in ihre Windjacke mit der warmen

Kapuze. Sie versuchte, an alles zu denken, auch an Proviant.

»Bin nach Schwägel gegangen«, schrieb sie auf einen Zettel, den sie auf den Tisch legte, für den Fall, dass der Großvater morgen schon kommen sollte und nach ihr suchen würde.

Sie wusste nicht, was sie tat, als sie sich aus dem Haus schlich. In ihrer Angst war ihr alle Überlegung verlorengegangen.

Der Wind strich bald schwülwarm, bald eiskalt über ihr Gesicht.

Auf dem Wasserspiegel schaukelte der Mond, als sie über den See ruderte. Sie atmete befreit auf, nachdem sie vom Ufer abgestoßen war. Der rasche Entschluss freute sie jetzt. Sie war frei!

»Leb wohl, altes, liebes Fischerhaus!«, flüsterte sie. »Ich komme wohl nie wieder zurück.«

Kräftig schlug sie die Ruder, der Kahn schoss dem Bergufer zu.

16

In dieser Nacht ging ein Unwetter schwerster Art über dem Gebirge nieder. Da ein solch schwerer Gewittersturm für diese Jahreszeit sehr selten war, traf es die Menschen gänzlich unerwartet. Bis ins Tal herab sank die Temperatur bis nahe an den Gefrierpunkt. Der gewaltige Regen ging in Schnee über, und schon nach kurzer Zeit war die Landschaft weiß.

Als der Sturm sich allmählich legte und das Gewölk sich hier und dort lockerte, sodass der Mond zeitweilig hervorschaute, lagen Berg und Tal in einem Glanz, als befände man sich mitten im Winter.

Das war so überraschend gekommen und mit solchen Naturgewalten niedergegangen, dass alle Menschen, die noch unterwegs waren, in Häusern Zuflucht nehmen mussten, ganz egal, wo sie gerade waren.

Die Bierstube des Wirtshauses war an diesem Abend so voll von Gästen wie sonst kaum an werktäglichen Abenden, da kurz vor dem Niedergang des Unwetters der letzte Bus im Dorf angekommen war, der die Menschen von der Arbeit nach Hause brachte. Die Fahrgäste brachten sich alle schnell im Wirtshaus in Sicherheit, um hier das Unwetter abzuwarten, ehe sie den Heimweg antraten.

Als dann das Gestöber endlich aufhörte und die Naturkräfte nach und nach zum Schweigen kamen, blieben die meisten Gäste noch beisammensitzen. Man war ins Gespräch gekommen und ließ noch ein- oder zweimal den Krug nachfüllen. Nur Einzelne gingen weg, sie hatten keine Ruhe und wollten wissen, ob und welchen Schaden das Unwetter an ihren Häusern oder Gehöften angerichtet hatte.

Unter den Zurückgebliebenen befand sich auch der Jungbauer vom Jakoberhof. Er war nicht vom Gewitter überrascht worden, sondern zuvor schon da gesessen. Er beteiligte sich nicht an den Gesprächen, sondern saß allein und trank nur. Man sah ihm an, dass er betrunken war, denn mit verstörten Blicken schaute er umher und führte seine lallenden, unverständlichen Selbstgespräche. Aber man war an seinen Anblick bereits gewöhnt und wusste, dass Simon Jakober öfter im Wirtshaus als bei der Arbeit anzutreffen war. Nicht umsonst hatte man ihn aus dem Gemeinderat ausgeschlossen, nicht umsonst sah man den alten Jakober und den Riedinger mit einem verdrießlichen Gesicht umhergehen.

Der Wirt, der von draußen hereinkam, verkündete: »Im Gebirge ist alles zugeschneit! Man meint, dass es Lawinen sind, was man hört!«

»Jetzt wird's recht! Ist denn die ganze Welt verdreht!«, wurden einige Stimmen laut.

»Wenn's vor Martini wäre, ließ ich mir's gefallen, aber am Sonntag ist erst Kirchweih!«, setzte ein anderer kopfschüttelnd hinzu.

Die Älteren wussten allerdings zu berichten, dass auch früher schon gelegentlich an Kirchweih die Berge weiß waren. Einmal, erinnerte sich einer, habe man im Juli das Vieh von der Alm holen müssen, weil über Nacht ein halber Meter Schnee gefallen sei.

Nun war man beim richtigen Gesprächsstoff angelangt, zu dem jeder etwas zu sagen hatte. Nur Simon Jakober beteiligte sich nicht. Er trank nur und glotzte vor sich hin.

Eben wollten wieder ein paar Bauern zum Heimweg aufbrechen, als ein Mann in die Stube platzte, der so schnell gelaufen sein musste, dass er vor Atemnot nicht gleich sprechen konnte. Sein Gesicht war schweißbedeckt und drückte helle Aufregung aus. Es war ein Arbeiter vom Jakoberhof.

»Was ist denn mit dir, Sepp?«, fragte der Wirt.

»Du sollst die Polizei anrufen!«, stieß der Arbeiter immer noch außer Atem hervor. »Es muss ein Unglück geschehen sein auf dem Schwarztannsee.«

»Ein Unglück? Was kann denn am Schwarztannsee schon für ein Unglück geschehen! Ist vielleicht eine Lawine auf das Fischerhaus niedergegangen?« Der Wirt konnte sich beim besten Willen nicht vorstellen, dass draußen am einsamen Schwarztannsee Menschen zu Schaden kommen konnten, zumal in der Nacht, wo niemand da draußen unterwegs war.

Jetzt berichtete der Arbeiter aber, dass der alte Janiser zum Jakoberhof gelaufen gekommen sei und voll Aufregung erzählt habe, dass er, als er kurz vor dem Gewitter daheim ankam, seine Enkelin Anna nicht im Haus angetroffen habe. Auf dem Tisch sei ein Zettel gelegen, auf dem stand, sie sei nach Schwägel gegangen. Da das Haus nicht abgesperrt war, glaube er, dass sie in großer Aufregung weggelaufen sein müsse, das merke man auch an den Dingen, die herumlagen. Er fürchte, dass sie in die Nacht und in das Gewitter geraten sei. Da der Kahn fehle, müsse sie hinüber zum Bergufer gerudert sein, um von dort den Weg über die Berge zu nehmen.

»Dann wird sie schon noch hinübergekommen sein oder irgendwo Unterschlupf gefunden haben«, sagte einer.

Der Arbeiter schüttelte den Kopf. »Der Janiser fürchtet, dass sie gar nicht mehr das Bergufer erreicht hat. Als das Gewitter und die Sturmwellen im See sich gelegt haben, hat er das kleine Boot ins Wasser gestoßen, um zu schauen, ob der Kahn drüben am Bergufer liegt. Aber der war nicht dort, und erst nach langem Herumsuchen sind einzelne zerschlagene Teile des Kahnes aufgetaucht. Und nun glaubt er, dass Anna in den Gewittersturm geraten und gekentert ist.«

»Ertrunken also?«

»Wie kann man nur bei einem solchen Gewitter über den See rudern?«, wurden erregte Stimmen laut.

»Man weiß ja nichts Genaues«, antwortete der Arbeiter. »Thomas hat mich hergeschickt, damit die Polizei gerufen wird und dass Leute kommen, die den See absuchen helfen.«

Während der Arbeiter seinen Bericht gab, war Simon Jakober aus seinem Rausch erwacht. Erschrocken lagen seine Blicke auf dem Mund seines Arbeiters. Mit einem Mal schien er nüchtern geworden zu sein.

Er stand auf. »Wozu stehen wir noch lange herum?«, schrie er. »Es wird wohl so sein, wie der alte Janiser sagt!«

Er packte den Arbeiter am Arm. »Komm, Sepp! Wir wollen keine Zeit versäumen!«

Sie eilten fort und die anderen folgten ihnen. Der Wirt löste den Alarm aus und im Nu waren fast alle Männer und Burschen des Dorfes auf den Beinen.

Von der Polizei aus wurde in Schwägel angefragt, ob im Sonnscheiderhof die Fischertochter aufgetaucht sei. Die Rückantwort war verneinend. Niemand vom Sonnscheiderhof oder vom Dorf konnte über die Verschollene Auskunft geben.

Es wurden die Ufer abgesucht, überall leuchteten die Scheinwerfer auf, auch mitten auf dem dunklen Gewässer, wo die Suchboote hin und her kreuzten.

Es war aber nichts zu entdecken, man musste den neuen Tag abwarten. Falls sich die Annahme bestätigte, dass das Mädchen dem See zum Opfer gefallen war, wollte man durch einen Spezialtrupp die Leiche auffinden und bergen lassen.

Einige Burschen waren hingegen in die Berge aufgebrochen, um vielleicht dort auf die Spur der Gesuchten zu stoßen, falls es ihr gelungen sein sollte, das Bergufer zu erreichen.

Allerdings war in den höheren Regionen der Schnee in ungeheuren Mengen gefallen und vom Sturm verweht worden. Über Steilhänge herab waren die Lawinen gestürzt und zu Eisklumpen verdichtet, die alles unter sich begruben. Es war unmöglich, die Höhen zu ersteigen oder gar über die Felswände hinwegzukommen. Unverrichteter Dinge mussten die Mannschaften umkehren. Man konnte nur den Tag abwarten und in zweckmäßiger Ausrüstung die Aktion von neuem aufnehmen. Es war kalt wie im tiefsten Winter.

Zu dieser Mannschaft, die vergeblich den Berg zu ersteigen versuchte, gehörte auch Simon Jakober, aber er kehrte noch nicht um, als die Kameraden ihn zurückriefen. Allein irrte er noch am Berg herum, rutschte ab und versuchte immer wieder, das Eis und den Matsch zu durchbrechen, bis er schließlich erschöpft zusammenbrach.

Der alte Janiser saß zusammmengekauert in seiner Fischerhütte und wusste nicht, für wen er beten sollte, für eine lebende, in Gefahr schwebende, oder für eine tote Anna. Noch schwieg der See, noch gab er keine Antwort, kein Zeichen.

Er dachte an die Eltern des Mädchens, die tot aus einer Lawine am Heuberg geschaufelt worden waren, an seinen unglücklichen Sohn und an dessen junge, schöne Frau. Ihr Kind ereilte nun dasselbe Schicksal ... Immer tiefer sank der Kopf des alten Mannes herab. »Gott, dein Wille ist hart und bitter, aber er muss geschehen!«, flüsterte er.

Draußen gurgelte der See. Das Wasser kam vom Berg und weckte die Strömung. Die Wellen schlugen an das Steinufer. Ab und zu ertönte ein Ruf. Immer noch waren Leute bei der Suche.

Den alten Mann hatte die Kraft verlassen. Trotzdem trat er immer wieder vor die Tür, schaute auf die herumirrenden Lichter. Ein Licht schimmerte vom Öschberg herüber, vom Jakoberhof. Es brannte die ganze Nacht.

Anna Janiser hatte auf ihrer Flucht über die Berge den Weg gefunden. Eine Weile noch hatte der Mond ihr geleuchtet, aber sie musste viel zu sehr auf ihre Schritte achten, um sich der Gefahr des plötzlich aufziehenden

Unwetters bewusst zu werden. Sie bemerkte es erst, als sich der Mond verfinsterte und ein eiskalter Wind um ihre Ohren pfiff, sodass sie die Kapuze bis über die Stirn zog.

Ein paar Mal blendete sie der bläulich grelle Schein der Blitze, die hinter der nackten Felsmauer aufzuckten. Sie hoffte noch, dass das Gewitter in die andere Richtung zog. Aber die Annäherung des Donners ließ sie bald die Gefahr erkennen.

Trotzdem ging sie weiter. Ihr einziger Gedanke war: Nur nicht mehr zurück in das einsame, alte Haus, wo sie sich zu Tode fürchtete. Sie wusste nicht mehr, wo sie ging, denn es wurde stockfinster. Aber sie konnte sich an einigen Merkmalen orientieren und blieb so auf dem richtigen Weg.

Sie hatte die unteren Berge bereits überschritten und hastete weiter. Der Wind wurde kräftiger, die Blitze greller, der Donner stärker. Der erste Regen fiel und klatschte ihr ins Gesicht. Der Sturm rauschte über sie hinweg. Dann merkte sie es: Schnee!

Wenn sie der Gefahr nicht unterliegen wollte, musste sie einen Unterschlupf finden. War sie erst einmal dem Schneesturm preisgegeben, gab es keine Rettung mehr, er schlug sich wie eine dichte schwarze Binde um die Augen. Sie bot ihre letzten Kräfte auf.

Endlich fand sie einen Unterschlupf: die Schartenhütte. Sie war gerettet! Ohne Licht kauerte sie unter dem Dach der Hütte und konnte nicht fassen, dass sie es noch bis hierher geschafft hatte, denn im Schneesturm hätte sie die Hütte nie entdeckt, auch wenn sie nur einen Meter davor gestanden hätte.

Sie schüttelte sich fröstelnd, lauschte auf den Sturm und auf das Krachen im Gebälk. Kaum konnte sie das kleine Fenster, durch das sie damals ins Tal und auf das ferne Schwägel geschaut hatte, von der schwarzen Wand unterscheiden. Immer dichter wurde es vom Schnee angeworfen, der daran feucht und kalt hängen blieb.

Das Unwetter wütete Stunde um Stunde weiter. Wäre sie doch ihrem ersten Gedanken gefolgt und zum Jakoberhof hinübergelaufen! Hier war sie vom Tod umgeben, sie ging zu Grunde, wenn es noch länger so dicht weiterschneite!

Sie versuchte, die Tür zu öffnen. Nur mit Gewalt ließ sie sich einen Spalt aufdrücken. Der Sturm wehte einen Schneeturm davor. Und noch immer schneite es.

Plötzlich bebte die Erde. Von den Steilwänden rutschte der Schnee ab. Lawinen! Das war der Tod! Aber er ging noch einmal an ihr vorbei, die Hütte blieb verschont.

Es waren schreckliche Stunden, die sie den Naturgewalten ausgesetzt erleben musste. Sie sah sich verloren. Die Kälte legte sich wie ein nasses Laken um ihren Körper und ließ sie erschauern und frieren. Ihre Augen suchten in der Finsternis nach dem schwachen, verschwimmenden Schimmer des Türspalts. Sie lauschte auf das Heulen des Sturmes, auf den Donner, der in der Ferne verrollte. Vom Fenster her, das vom Schnee dicht verklebt war, kam ein leises Knacken und Knistern. Irgendwo tropfte und gluckste das Wasser.

Es verging eine Stunde nach der anderen, sie wusste nicht, wie lange sie schon hier war.

Dann krachte und polterte es, als ginge ein Geröllstrom über die Hütte hinweg. Anna warf sich voller Angst zu Boden, der unter ihren Füßen erbebte und dröhnte. Sie ahnte, was geschehen war: Über die hohe, steile Felswand herab, in deren Windschutz die Hütte stand, war ein Schneebrett ins Rutschen gekommen und auf die Hütte niedergegangen. Eine Lawine!

Der Schimmer vom Fenster und vom Türspalt war erloschen, sie war jetzt von völliger Finsternis umgeben. Ihre Ohren waren taub, sie hörte nichts mehr von draußen.

Wenn sie doch nur ein Licht bei sich hätte! Sie richtete sich auf und tastete mit ausgestreckten Händen durch das Dunkel, stieß mit dem Kopf an das Gebälk und fand keinen Ausweg mehr.

Da wusste sie, dass sie verschüttet war, eingeschlossen und abgeschnitten, bis Schnee und Eis weggeschmolzen waren. Wie lange würde das dauern? Blieb ihr noch so lange die Luft, die sie zum Atmen benötigte? Oder musste sie sterben? Ersticken? Erfrieren?

Todesangst befiel sie.

So kauerte sie am Boden, fror und rang nach Atem. Ihre Gedanken suchten verzweifelt nach einer Hoffnung. Sie musste sich befreien aus diesem Grab! Niemand wusste, wo sie war, niemand kam ihr zu Hilfe.

Die furchtbare Angst raubte ihr langsam die Sinne. Oder war es doch schon der Mangel an Sauerstoff, der ihre Kräfte schwinden ließ?

Sie wusste nicht, wie lange sie so kauerte und gegen diese furchtbaren Angstzustände ankämpfte. Der Sinn für die Zeit war ihr längst verloren gegangen. War es mitten in der Nacht? Oder brach schon der neue Tag an?

Sie war nicht mehr bei vollem Bewusstsein, als plötzlich von draußen ein Scharren und Stoßen kam. Es kam Hilfe in äußerster Not, die sie nicht mehr wahrnahm, weil ihr die Sinne schwanden ...

Als sie erwachte, fühlte sie sich von der Wärme eines anderen menschlichen Körpers durchströmt. Licht drang durch eine breite Öffnung ein.

Sie sah sich eingehüllt in warme Decken und von kräftigen Armen festgehalten. Ihr Kopf war dumpf und schmerzte. Sie fühlte einen Becher an ihrem Mund und trank daraus.

Vor sich erblickte sie ein gebräuntes, hartes Gesicht und Augen, die ihr sogleich das Leben zurückgaben mit aller Hoffnung und allen Kräften. Sie warf ihre Arme um die Schultern des Mannes und drückte sich an seine Wärme.

»Thomas!«

Er hielt sie fest an sich.

Sie sprach zusammenhanglos, unterbrochen von Pausen, in denen sie sich auf Einzelheiten ihres furchtbaren Erlebens zu besinnen versuchte.

Sie wusste nur, dass sie gerettet war, gerettet von Thomas Jakober, als hätte der letzte Gedanke, den sie noch zu fassen vermochte, der letzte Schrei, der ihr aus der Kehle drang, ihn herbeigerufen. Sie spürte, wie es wärmer wurde, wie die Kräfte erwachten.

»Was hast du getan!«, sagte er nur, aber ohne Vorwurf. »Man hat drunten den See nach dir abgesucht, weil der Kahn zerschlagen angeschwemmt wurde.«

»Ich wollte zum Großvater nach Schwägel!«

Er nickte. »Dein Großvater sitzt drunten im Fischerhaus und trauert um dich, weil er meint, dass du ertrunken bist.«

»Wir müssen gehen, Thomas!«, rief sie.

Aber er hielt sie zurück. Sie war noch nicht kräftig genug. Später, als sie durch die gewaltsam aufgebrochene Öffnung hinaustraten, um den Heimweg anzutreten, erschrak sie über die Verwüstung, die das Unwetter in der Natur angerichtet hatte.

»Es war meine letzte Hoffnung, dass du vielleicht die Schartenhütte erreicht haben könntest«, sagte er. »Es war kaum mehr ein Durchkommen, aber ich habe es dann doch geschafft.«

»Ach, Thomas, was hast du für mich und den Großvater getan! Ich lebe!«

Erschauernd hing sie in seinen Armen.

17

Auch im Jakoberhof hatte man diese Nacht durchwacht. Barbara war in der Stube. Sie hatte den Ofen angeheizt, weil es zum Frieren kalt wurde, als das Gewitter abgezogen war.

Später kam der Altbauer herüber. »Und, hat man schon etwas Neues gehört?«, fragte er.

»Es ist noch niemand zurückgekommen«, entgegnete sie.

Er blieb bei ihr, setzte sich auf die Ofenbank und drückte den Rücken an die warmen Kacheln.

Als der Arbeiter dann heimkam, erfuhren sie, dass nichts von der verschollenen Fischertochter gefunden worden sei. Auch der Berg, soweit man im Schneematsch habe hinaufsteigen können, sei abgesucht worden. Aber man habe keine Spur entdeckt. Man nehme an, dass bei dem Sturm der Kahn gekentert und das Mädchen ertrunken sei.

Barbara bedeckte mit den Händen das Gesicht und war erschüttert. Der alte Jakober schaute mit düster herabgezogenen Brauen schweigend auf den Boden nieder.

Sie warteten auf weitere Nachrichten, wenn Thomas zurückkäme. Auch Simon war, wie der Arbeiter zu berichten wusste, am See und am Berg gesehen worden. Aber keiner von beiden kam zurück.

»Es ist doch furchtbar für den alten Janiser!«, klagte die Bäuerin.

Der Altbauer nickte schweigend.

»Wie kam sie nur dazu, bei Nacht über den See zu rudern?«

Er zuckte die Schultern. »Es ist ein Fluch auf dem Fischerhaus.«

»Warum?«

»Das weiß niemand.«

Als das erste schwache Grauen des Tages erwachte, zeigte sich das Gebirge weiß wie im tiefsten Winter.

Sie standen am Fenster. Auf einmal schauten sie sich aufhorchend an.

»Es ist doch jemand an der Tür?«, fragte sie.

»Ich hab's auch gemeint«, sagte er.

Sie ging hinaus, und er folgte ihr. Es war nichts mehr zu hören, trotzdem riss sie die Tür auf.

Auf der Schwelle kauerte eine menschliche Gestalt, die sich nicht mehr aufrecht zu halten vermochte.

»Simon!«, schrie die Bäuerin und griff nach ihm.

»Betrunken!«, höhnte der Alte empört.

»Fass mit an! Er kann nicht mehr stehen!«

Sie zogen ihn in die Stube, sahen beim Licht, wie sein Gesicht, seine Hände und die ganze Kleidung zerschunden waren.

»So ein Aas!«, grollte der Alte.

Aber Simon schien nicht mehr zu wissen, was um ihn herum vorging. Er sprach nichts, stöhnte nur und sah erbärmlich aus. Sie schafften ihn auf das Sofa.

»Du siehst doch, dass er nicht mehr bei sich ist! Das ist kein Rausch, Altbauer! Wir wissen nicht, was geschehen ist! Wecke den Arbeiter, er soll den Doktor holen!«

Simon Jakober war in der Tat schwer krank. Als letzter der Gruppe, die am Berg nach Anna gesucht hatte, war er geblieben, um noch weiter vorzudringen, war dann aber erschöpft auf der Strecke liegen geblieben. Niemand konnte hinterher begreifen, wie es ihm dann doch noch gelungen war, dem Erfrierungstod zu entgehen und sein Haus zu erreichen.

Der Arzt vermochte ihn nicht der Bewusstlosigkeit zu entreißen. Er stellte einen ganz bedenklichen Erschöpfungszustand fest.

Barbara wich nicht von seiner Seite, und den Altbauern trieb es ratlos herum. Er machte sich Sorgen um beide Söhne, denn Thomas kam nicht heim. Niemand wusste, wo er war, niemand hatte ihn mehr gesehen, seitdem der Rettungstrupp gegen die Felsen angestiegen war.

»Jetzt bin ich dran, meine Schuld abzubezahlen!«, stöhnte der Alte.

Er hatte zwei Söhne zu verlieren ...

Immer wieder wurde der Arbeiter zum Schwarztannsee hinübergejagt, er kam jedes Mal mit dem gleichen hoffnungslosen Bericht zurück. Nichts! Weder das Mädchen noch Thomas konnten gefunden werden.

Der Schnee schmolz, das Wasser tropfte und gurgelte. Barbara wich nicht von der Seite ihres todkranken Mannes.

Es war Nachmittag geworden, der Arzt hatte zum zweiten Mal das Haus verlassen, ohne ein zuversichtliches Wort zu sprechen. Im Gegenteil, er riet dazu, den Pfarrer zu verständigen. Der junge Bauer war wohl bei Besinnung, aber er sprach nicht, stöhnte nur und fing an zu fiebern.

»Alkoholvergiftung?«, fragte der Alte.

»Nein. Erschöpfung und schwere Erkältung der Luftwege.«

Als Thomas plötzlich über den Hof auf das Haus zugeschritten kam, glaubte der alte Jakober, einen Geist auf sich zukommen zu sehen.

Er eilte zur Tür. »Bub!«, schrie er.

»Es ist gut, Vater. Ich habe sie aus der verschütteten Schartenhütte geholt.«

»Sie ist ...?«

»Ja, sie ist daheim. Die Suchaktion ist abgeblasen worden.«

Der alte Mann hängte sich schwer und weinend an seinen Sohn. »Dass du nur da bist!«

»Bist du denn allein?«

»Dein Bruder liegt im Sterben.«

Thomas wollte über die Stiege hinaufeilen. Aber da kam eben Barbara herab.

»Ich glaub, jetzt schläft er«, sagte sie.

Thomas berichtete jetzt von der Rettung der Janiser Anna, wie er es zuvor schon bei ihrem glücklichen Großvater getan hatte.

Es war in der Nacht, als Simon aufwachte und seiner Frau, die an seinem Bett saß und auf ihn niederblickte, mit vor Angst geweiteten Augen ins Gesicht schaute.

»Möchtest du etwas?«, fragte sie.

Er bewegte nur verneinend den Kopf.

»Hast du Schmerzen?«

Wieder die stumme Verneinung. Sein Gesicht glühte. Sie gab ihm die Medizin ein.

»Ich bin schuld, Barbara!«, stieß er plötzlich hervor. »Ich habe sie in den Tod getrieben! Was bin ich doch für ein erbärmlicher Kerl!«

Sie musste ihn in die Kissen zurückdrängen und festhalten.

»Hat man sie gefunden?«, fragte er furchtsam.

»Ja.«

Er wollte sich abermals aufrichten, und sie musste ihn festhalten.

»Tot?«, flüsterte er.

»Nein. Thomas hat sie droben in der Schartenhütte gefunden. Sie war verschüttet, aber Thomas konnte sie retten.«

Seine Augen wurden immer größer. Er bewegte den Mund und brachte doch kein Wort hervor.

»Gerettet!«, stammelte er dann und ergriff ihre Hand mit einer Kraft, die nicht zu erwarten war. »Barbara, verzeih mir!«

Er weinte in ihre Hand. Sie fühlte die Tränen – oder war das der Schweiß?

»Hol mir den Thomas, Barbara!«, bat er.

»Es ist jetzt mitten in der Nacht, und er ist sehr müd heimgekommen. Morgen rufe ich ihn zu dir. Jetzt muss er schlafen, und du auch!«

Er schlief nicht. Immer wieder schlug er die Augen auf und schaute sie an. Mit Unterbrechungen legte er seine Beichte vor ihr ab, bis er ermattet einschlief.

Das Fischerhaus vom Schwarztannsee, das noch einmal wie damals, als zwei Menschen tot aus der Lawine vom Heuberg geborgen worden waren, das ganze Dorf in Aufregung und auf die Beine gebracht hatte, lag jetzt still und verlassen da.

Kein Mensch ging mehr durch die schief hängende Tür ein und aus. Die Fensterläden waren geschlossen, der Wind wehte das welke Laub vor den Eingang, ohne dass es weggekehrt wurde. Die Spatzen krochen in die Netze unter dem Vordach und bauten dort ihr Winternest.

Janiser war mit seiner Enkelin verzogen.

Der Herbst und ein langer und kalter Bergwinter gingen über das verlassene Fischerhaus hinweg. Es blieb völlig zugeschneit, bis der Föhn und die Frühlingssonne es wieder freischälten von der weißen Decke.

Dann kam wieder die Zeit, in der Krokus und Enzian die Sonnenhänge der Berge zierten und das neue Grün die Täler schmückte.

Auf der Dorfstraße von Schwägel ging ein junger, kräftiger Mann, einen prall gefüllten Rucksack auf den Schultern, den Hut in den Nacken geschoben, damit die Sonnenstrahlen sein Gesicht treffen konnten.

Der Fremde äugte nach einem Menschen, den er nach dem Sonnscheiderhof fragen könnte. Ein alter, graubärtiger Mann, der vor seinem Haus stand, schickte ihn zum Berg, von wo ein prächtiges Gehöft niederblickte.

Ohne Zögern stieg der Fremde die steile Zufahrtsstraße hinauf, betrat das große Anwesen und traf auf eine ältere Haushälterin, die gerade eine große Milchkanne ausspülte.

Er ging auf sie zu und ließ sich von ihr neugierig mustern.

»Das ist doch der Sonnscheiderhof?«, fragte er.

»Ja.«

»Ob wohl ein Arbeiter gebraucht wird?«, fragte der Fremde weiter.

Die Haushälterin schürzte überlegend die Lippen. »Es kann schon sein.«

»Wo find ich den Bauern?«

»Es ist bloß eine Bäuerin da. Komm mit!«

Sie führte ihn in eine große, prächtige Bauernstube. »Warte da, ich sag es ihr.«

Sie ging weg, und es dauerte nicht lange, da ging die Tür auf und herein kam die Janiser Anna. Er hätte sie beinahe nicht erkannt, denn sie war dunkel gekleidet, als ginge sie in Trauer.

Auch sie musste sich scheinbar überzeugen, ob sie nicht von ihren Sinnen getäuscht wurde. Sprachlos sahen sie sich eine Weile an.

»Thomas!«, rief sie dann erfreut. »Wie schön, dich zu sehen! Wo kommst du denn her?«

»Von daheim. Ich bin auf der Suche nach einem Dienstplatz. Denk dir, mit dem Simon und der Barbara ist alles gut geworden! Nur der Vater ist kurz nach Weihnachten gestorben. Wir fanden ihn tot im Bett, ein Herzschlag hat seinem Leben ein plötzliches Ende gesetzt.«

Sie schaute ihn nur stumm an.

»Aber er durfte noch erfahren, dass im Jakoberhof ein Zuwachs erwartet wird«, setzte er hinzu.

»Ein Kind? Barbara bekommt ein Kind? Ist das wahr, Thomas?«, rief sie erfreut.

Er nickte. »Ich soll dich grüßen, auch vom Simon. Du mögest ihm verzeihen!«

Sie schaute lange vor sich nieder und verlor sich in ihre Erinnerungen, in böse und schöne. Dann hob sie den Kopf und blickte ihn traurig an.

»Auch mein guter Großvater liegt auf dem Friedhof. Aber er durfte wenigstens daheim sterben.«

»Dein Großvater ist tot? Arme Anna!«

In ihren Augen schimmerten Tränen. »Setz dich doch hin!«, sagte sie plötzlich.

»Ich warte nur auf die Bäuerin. Glaubst du, dass bei euch ein Arbeiter gebraucht wird? Ich möchte in deiner Nähe sein, Anna!«

»Ich glaube schon, dass du bleiben kannst!« Um ihren Mund spielte ein geheimnisvolles und verschmitztes Lächeln. »Auf die Bäuerin brauchst du nicht zu warten, sie steht vor dir.«

Er schaute bestürzt auf. »Wie?«

»Jawohl, Thomas, ich bin die Bäuerin vom Sonnscheiderhof.«

»Aber – nein, das gibt es doch nicht!«

»Komm, lass es dir erzählen«, sagte sie und griff nach seinem Arm, um ihn zum Tisch zu führen, wo sie sich niederließen. »Du hast ein Recht darauf, alles über mich zu erfahren, du hast mir das Leben gerettet. Ich habe Tag für Tag auf dich gewartet, seitdem die Wege wieder frei sind. Ich wusste, dass du einmal kommen würdest.«

Er war immer noch fassungslos und schaute sie schweigend an.

»Es war wohl das letzte und größte Geheimnis vom alten Fischerhaus, das der Großvater preisgab, aber erst nach dem Tod, es stand in seinem Testament«, fuhr sie fort und schaute auf ihre Hände nieder, die unruhig mit der Schürze spielten. »Wie konnte ich ahnen, dass der Sonnscheiderhof meinem Großvater gehörte? Mein Vater war sein einziger Sohn und sollte einmal alles erben, aber es kam anders: Mein Vater verliebte sich in eine junge Haushälterin und ließ sich lieber von Haus und Hof jagen, als dass er das Mädchen verließ. Es war die Tochter vom Fischer am Schwarztannsee – meine Mutter. So hart hat der Großvater damals gehandelt, dass er seinen einzigen Sohn gehen ließ. Das ist eine Bauernart, Thomas, die ich wohl nie verstehen werde! Als dann das Unglück am Heuberg geschah, zog der Großvater zu mir ins Fischerhaus. Den Hof hatte er auf fünfzehn Jahre verpachtet. Er hatte nun wohl sein Unrecht eingesehen und mir seine ganze Liebe geschenkt.«

Daraufhin entstand ein langes Schweigen.

»Und du bist heute Bäuerin vom Sonnscheiderhof?«

Sie nickte. »Die Pacht lief letzten Herbst ab.«

Er blickte düster vor sich hin und schwieg.

»Was ist?«, fragte sie.

»Ich muss wieder gehen, Anna«, sagte er und erhob sich. »Ich habe nicht die Bäuerin vom Sonnscheiderhof gesucht, sondern das Fischermädchen vom Schwarztannsee. Nun sehe ich aber, dass es dieses Mädchen, das ich mehr geliebt habe als mein Leben, nicht mehr gibt!«

Sie machte ein schalkhaftes Gesicht. »Und die Bäuerin vom Sonnscheiderhof kannst du nicht lieben?«

»Nein.«

Sie war bestürzt.

Er griff nach seinem Rucksack, den er auf der Bank abgestellt hatte.

Zögernd ging sie auf ihn zu.

»Gut, dann kehre ich zurück zum Fischerhaus und bleibe, was ich war«, sagte sie. »Der Hof kann verpachtet werden.«

Er schaute sie entgeistert an. »Anna!«

»Es ist mein Ernst! Wenn du schon nicht mein Bauer sein willst, dann bin ich eben die Frau des Fischers vom Schwarztannsee, die auch meine Mutter war. Du hast das Fischermädchen gefunden, Thomas!«

»Nein, nein, nein! Du sollst bleiben, wo du hingehörst! Ich will dein Arbeiter sein, dein Bauer, alles, was du willst!«, rief er. »Lass mich nur bei dir sein!«

Er hatte sie bei den Händen genommen und zog sie an sich.

Das alte Fischerhaus blieb verwaist. Nur einmal noch in diesem Jahr kamen die jungen Bauersleute vom Sonnscheiderhof über die Berge herüber an den Schwarztannsee, saßen lange auf dem kleinen Hausbänkchen und schauten auf den stillen See.

Dann gingen sie weiter zum Jakoberhof, wo ein neugeborener Erdenbürger sich gesund schrie.

Der alte Jakober hatte es nicht mehr erlebt, aber er durfte es noch erfahren. Und so schied er in Frieden aus der Welt.